마제의 신화

마께의 신화 2

박선우 현대 판타지 소설

초판 1쇄 찍은 날 § 2019년 10월 28일
초판 1쇄 펴낸 날 § 2019년 11월 4일

지은이 § 박선우
펴낸이 § 서경석

총괄팀장 § 노종아
편집책임 § 김대용
디자인 § 소소연

펴낸곳 § 도서출판 청어람
등록번호 § 제387-1999-000006호
등록일자 § 1999. 5. 31
어람번호 § 제1-3052호

주소 § 경기도 부천시 부일로 483번길 40 서경B/D 3F (우) 14640
전화 § 032-656-4452 팩스 § 032-656-4453
http://www.chungeoram.com
E-mail § chungeorambook@daum.net

ISBN 979-11-04-92066-0 04810
ISBN 979-11-04-92064-6 (세트)

도서출판 청어람
마제의 신화 2
박선우 현대 판타지 소설
ODERN FANTASTIC STORY

마제의신화

Contents

제12장 주머니 속의 송곳 … 7

제13장 내 길을 막지 마 … 31

제14장 던전의 비밀 … 59

제15장 전초 작업 … 99

제16장 천왕의 꿈 … 139

제17장 그리움 … 179

제18장 암습 … 219

제19장 반격 I … 263

제12장

주머니 속의 송곳

김가은과 헤어져 캠프로 돌아오자 문재성이 득달같이 달려왔다.

이번 출장 책임자는 그였기에 특수지원팀 전부가 괴물들이 난입한 곳으로 이동한 후 발을 동동 구르며 애를 태우고 있었다.

“한 팀장, 괜찮아?”

“뭐가요?”

“어디 다친 데 없냐고!”

“없습니다.”

문재성이 한정유의 몸을 이리저리 살피다가 안도의 한숨을 길게 내리쉬었다.

이미 자신이 이끄는 특수지원팀은 모두 도착해서 캠프에 와 있는 상태였다.

척 보니 꽤 난전을 치렀던 모양이다.

넷이 전부 응급치료를 받은 채 붕대를 전부 싸매고 있었는데 다행히 팔, 다리가 잘린 곳은 보이지 않았다.

"재들 병원부터 보내지 그랬습니까?"

"왜 안 그랬겠어. 그런데 저것들이 자네가 걱정된다면서 갈 생각을 안 하잖아."

존경스러운 눈으로 자신을 빤히 쳐다보는 팀원들을 바라보며 한정유가 황당한 표정을 지었다.

"안 아프냐?"

"아픕니다."

"그럼 내 얼굴 봤으니까 빨리 가서 제대로 치료받아."

"알겠습니다."

이철승이 대표로 대답하더니 팀원들을 이끌고 일어났다.

위계가 확실히 섰다.

수장이 자리에 돌아올 때까지 부상을 당하고도 움직이지 않는다는 건 그만큼 위계질서를 먼저 생각한다는 뜻이었다.

통제팀이 그들을 태우고 현장을 떠난 것은 문재성의 입이 다시 열렸을 때였다.

"한 팀장, 정말 대단하더군. 네가 싸우는 장면이 인터넷에 올라와 있어. 스켈레톤 3마리를 한꺼번에… 으."

"더 빠져나온 괴물들은 없습니까?"

"없어. 산 쪽도 이제 대부분 조용해졌어. 상당수의 길드원이 추가로 투입되었는데 이번에는 정말 대단했나 봐. 들리는 소문에는 스페셜 마스터까지 왔대."

"스켈레톤 정도 가지고 그 사람들이 왔을 리 없을 테니 상위 등급의 괴물이 나타났다는 뜻이네요. 그렇죠?"

"맞아, 인터넷에 올라온 거 보니까 헬하운드가 나타났어."

"온 사람은?"

"피닉스와 해동에서 한 사람씩. 김민휘와 서연정. 아마 그들이 헬하운드를 처리했을 거야."

"꽤 하는 모양이죠?"

"꽤 하는 게 아니라 압도적인 사람들이지. 골든헌터들은 그들에 비한다면 어린애들 수준이라고."

"호오, 그거 재밌는 말씀이네. 나중에 꼭 만나보고 싶은데요."

"보고 싶다고 볼 수 있는 사람들이 아냐. 그 사람들은 골든헌터들과 달리 거의 세상에 얼굴을 내비치지 않아."

"그래도 언젠가는 볼 수 있겠죠."

"자, 자. 애들도 전부 병원에 갔으니까 저쪽에 가서 나랑 커피나 한잔해. 우리 한 팀장 영웅담을 자세히 들어야 회사에 들어가서 큰소리치지."

*　　　*　　　*

사회는 난리가 난 상태였다.

지금까지 던전이 열리며 괴물이 쏟아져 나온 이후 가장 커다란 인명 피해가 발생되었기 때문이다.

처참한 사람들의 시신과 파괴된 도시의 모습이 고스란히 드러났고, 이런 피해를 막지 못한 정부와 길드에 대한 국민들의 비난 여론이 들끓었다.

그와 더불어 화제가 된 것이 바로 한정유였다.

사람들을 갈가리 찢어버리던 스켈레톤 3마리를 단신으로 박살 내버린 그의 존재는 이목을 집중시키기에 충분하고도 남았다.

그의 실력이 엄청났기 때문이 아니다.

스켈레톤 정도는 웬만한 골든헌터들이라면 전부 처리할 수 있는 능력이 있지만, 한정유는 극적인 순간에 홀로 나타나 사람들의 위기에서 구했기에 더욱 주목받았던 것이다.

*　　　*　　　*

사람이 찾아온 것은 도시에서 있었던 일을 들으며 문재성이 연신 탄성을 지르고 있을 때였다.

나타난 사람은 중년의 여인.

40대 중반으로 보이는 여인은 푸른 갑옷을 입었는데 해동 길드를 상징하는 문양이 가슴 쪽에 선명하게 새겨져 있었다.

손에 검을 들었지만 아무런 기도조차 흘러나오지 않았다.

그럼에도 그녀가 캠프로 들어서자 모든 공간이 얼어붙을 것 같은 한기에 사로잡혔다.

"한정유 씨?"

"순서가 바뀐 거 아닙니까. 일단 찾아왔으면 소개부터 하시는 게 순서일 텐데요?"

"그런가, 그럼 먼저 소개하죠. 난 해동 길드의 서연정이라는 사람이에요."

"헉!"

한정유의 입에서 나온 소리가 아니다.

갑자기 죽을 것처럼 헛바람을 들이켠 것은 옆에 서 있던 문재성이었다.

그는 여자가 들어올 때부터 해동 길드의 갑옷을 확인한 후 긴장한 표정을 짓고 있었는데 상대의 정체를 확인하자 안색이 단박에 시꺼멓게 죽었다.

해동의 스페셜 마스터.

이번 헬하운드를 제거하기 위해 나선 해동의 10인 마스터 중 1인.

하지만, 한정유는 그녀의 소개를 듣고도 전혀 표정 변화를 보이지 않았다.

“제가 한정유 맞습니다. 그런데 어떻게 찾아오셨습니까?”
“일을 끝내고 가는 김에, 사람들을 구한 영웅을 보고 싶어서 왔어요. 어떤 사람인가 궁금해서.”

또 궁금하단다.
여자들의 궁금증에는 도대체 얼마나 많은 뜻이 들어 있는 걸까.
하지만 이 여자의 궁금증은 윤정혜와 다른 거겠지?

“궁금한 게 있으면 풀고 가셔야겠죠. 말씀하십시오.”
“몇 살이에요?”
“29살입니다.”
“각성은 언제 한 거죠?”
“1년 조금 넘었습니다.”
“정말인가요?”

한정유의 대답에 그녀의 얼굴이 슬쩍 변했다.
겨우 1년.
그런데도 스켈레톤 3마리를 격살시킨 능력을 보유했다는 사실이 그녀의 평정을 깬 모양이었다.
많은 것을 물었다.

스켈레톤을 처리하기까지의 과정과 싸움에 대해서.

그럼에도 진짜 궁금한 것은 피해 나갔다.

출신이 어딘지, 사용한 도법이 뭔지 알고 싶겠지만 근본은 묻지 않는다는 이 세계의 철칙을 충실히 지켰다.

"피닉스 길드에 시험 봤다면서요. 최종 면접까지 갔고. 피닉스 쪽에서 언론을 통제했지만 알 만한 사람들은 다 알고 있어요. 당신이 스텔레톤을 처음으로 통과했다는 사실을. 그런데 피닉스가 한정유 씨를 탈락시킨 이유는 나오지 않더군요. 그래서 한동안 지켜만 봤어요. 혹시 피닉스가 왜 그랬는지 말해줄래요?"

"자존심이 상했기 때문입니다. 자세한 건 묻지 않았으면 좋겠습니다."

"대충 무슨 뜻인지 알겠어요. 그 친구들이 고지식하긴 하죠. 우리 해동과 다르게."

"바쁘시지 않나요?"

"무슨……?"

"이제 꽤 시간이 됐으니 본론을 말씀하십시오. 저희들도 이제 철수해야 되니까요."

"성격이 급한 편이네요. 좋아요, 본론을 말하죠. 우리 해동으로 오세요. 최상의 대우를 해줄게요."

"어떻게 말입니까?"

"당신의 능력에 맞게 2급 헌터 자리를 줄 테니 우리한테 와요."

그녀의 말에 문재성의 입이 또 열렸다.

2급 헌터. 또 다른 말로 아이언헌터.

물론 길드의 골든헌터보다 아래쪽이지만 태풍OR의 팀장에 비하면 까마득히 높은 자리다.

당연히 연봉도 몇 배 더 많고 복지 수준도 상대가 되지 않는다.

"싫습니다."

"왜 싫죠?"

"저는 길드에 가지 않습니다. 해야 할 일이 있어서요."

"우리 제안이 부족해서 그런 건가요?"

"그건 아닙니다."

"과연 태풍OR에서 할 수 있는 게 뭘까? 한정유 씨, 각성자들은 각성자들의 땅에서 놀아야 해요. OR이 사는 세상은 너무 작아요. 당신이 하려는 게 뭔지 모르지만 고집부리지 말고 큰 세상으로 나와요. 내가 당신의 배경이 되어줄게요."

"각성자들의 땅. 그렇죠. 각성자들은 각성자들의 세상에서 사는 게 맞습니다. 그러나, 저는 이미 만들어진 세상보다 새로운 세상을 찾을 생각입니다."

"새로운 세상이란 건 현재의 길드를 넘어선 세상을 말하는 건가요?"

"그렇습니다."

"어떤 세상인지 궁금해지네요. 대충 어떤 건지 가르쳐 줄 수 있나요?"

"나중에 때가 되면 자연스럽게 아실 겁니다."

"당신 참 재밌는 사람이군요. 어쨌든, 언제든지 마음이 바뀌면 우리 해동으로 와요. 기다리고 있을 테니까."

*　　　　*　　　　*

한정유가 돈을 벌기 시작하면서 어머니는 식당 일을 그만두었고 여동생도 아르바이트를 접은 채 학업에 전념했다.

하루하루가 행복한 시간들.

돈에 찌들려 살았던 날들의 고통에서 벗어난 가족들의 얼굴엔 웃음이 흘러넘쳤다.

그러나, 어느 날 불쑥 올라온 동영상이 그들의 행복에 찬물을 끼얹었다.

"미연아… 이거 정말 네 오빠 맞는 거니?"

"응, 엄마."

충격이었다.

지금까지 한정유는 평범한 사람이었고, 대학을 졸업한 후 하릴없이 시간을 축내던 백수였으니 태풍OR에 입사한 것 자체가 기적이었다.

그럼에도 기뻤다.

아들이 막상 태풍OR에 입사하면서 집안 살림이 폈기 때문에 갑자기 찾아온 아들의 각성을 마음껏 축하해 줬다.

마치 로또의 확률로 각성이 이뤄진다는 것을 알기에 가족들은 한정유에게 다가온 행운을 진심으로 기뻐했다.

하지만, 막상 오늘.

괴물과 싸우는 아들의 모습을 보는 순간 하늘이 깜깜해질 정도의 충격을 받았다.

주변 도로에 가득 널브러져 있는 시체.

그리고 그 사이에서 죽음을 무릅쓰고 싸우는 아들의 모습.

너무 놀라고 무서워 차마 마지막까지 볼 수 없었다.

아들은, 자신에게 관리직이기 때문에 위험하지 않다고 했다.

괴물과 부딪칠 일이 없고 후방에서 통제만 하기 때문에 안전한 직업이라고 말했다.

그런데 이런 동영상이 올라왔다.

벌렁거리는 가슴. 그리고 숨이 멎을 것 같은 두려움.

딸의 확인을 받으며 눈을 감고 말았다.

갑자기 온 주변이 컴컴한 암흑으로 변하는 것 같았다.

식당에서 하루 종일 일하면서 돈 걱정을 할 때도 이렇게 두렵지는 않았어.

집으로 돌아오면 활짝 웃으며 자신을 반겨주는 아들이 있으니까.

거짓말을 하다니.

하나도 위험하지 않다더니 무시무시한 괴물과 사투를 벌이는 직업이었어.

나는… 이걸 바란 게 아니었는데.

아들이 언제 죽을지 모르는 싸움을 하면서 벌어온 돈으로 편하게 살고 싶었던 건 아니었는데.

집으로 돌아온 한정유는 싸늘하게 식은 분위기를 느끼며 조용히 거실로 들어섰다.

예상한 일이다.

부모님이 걱정할까 봐 전투조가 아니라고 말한 것이 스켈레톤을 처리하면서 의도치 않게 들통났다.

굳어진 가족들의 얼굴들.

안다. 걱정하는 마음을.

특히 어머니는 자신을 바라보며 눈물까지 글썽였다.

아버지는 끊었던 담배를 다시 피우셨고, 어머니와 여동생은 묵묵히 한정유의 말을 기다렸다.

"어떻게 된 거냐, 정유야. 아버지한테, 아니, 가족들한테 사실대로 말해줘."

"눈치채시고 계셨겠지만 각성이 된 건 의식을 차린 후였어요. 그래서 빠르게 몸을 회복할 수 있었던 겁니다. 몸이 좋아진 후 취직을 하기 위해 시험을 봤어요. 아시는 것처럼 피닉스 길드에 합격했지만 가지 않았어요. 그들이 우리 가족과 저의 자존심을 건드렸기 때문입니다. 저는 각성하면서 꽤 훌륭한 능력을 가졌기에 어디에 가든 능력을 발휘할 수 있다고 생각했어요. 그리고 태풍OR에 들어간 거죠. 저는 그곳에서 괴물들이 나왔을 때 긴급지원하는 특수팀에서 근무하고 있어요. 스켈레톤을 상대한 것도 그런 이유가 있었기 때문입니다. 아버지, 전투조가 아니라고 거짓말한 건 잘못했습니다. 용서해 주세요."

"왜 그랬는지 안다. 그래도……."

긴 이야기를 들은 한민규가 긴 한숨을 흘려냈다.

그건 김정숙과 한미연도 마찬가지였다.

이미 예상을 했지만 한정유가 솔직하게 이야기를 하자 그들의 얼굴은 어둡게 변했다.

그러나, 이런 상황을 피할 수 없다는 걸 모두 안다.

"각성자들에게는 각성자들만의 삶이 있어요. 저 역시 그렇게 살아갈 것이지만 절대 죽거나 다치지는 않을 겁니다. 그러니 걱정하지 마세요. 아버지, 어머니의 아들, 한정유. 두 분이 생각하시는 것보다 꽤 강하게 다시 태어났거든요."

*　　　*　　　*

언론의 힘은 생각보다 크고 강했다.

다음 날 회사에 출근하자 수많은 기자들이 몰려들었는데 그 숫자가 50명이 넘었다.

불현듯 나타나 사람들을 구한 영웅?

말로는 그럴 듯하다.

하지만, 그게 전부가 아니라는 걸 한정유도 알고 대부분의 사람들도 안다.

길드에는 한정유 같은 능력을 지닌 인물들이 흘러넘쳤으니, 이 상황은 지금까지 한 번도 일어나지 않았던 사건에 대한 반향 정도에 불과했다.

원래 커다란 사건이 발생했을 때 기자들은 그와 관련된 일들을 속옷까지 들쳐서 기사로 만들어낸다.

그랬기에 한정유는 기자들의 인터뷰를 전부 거절했다.

영웅 놀이를 하는 건 그의 적성에 맞지 않았다.

하지만 이 일로 전전긍긍하는 사람들이 있었다.

바로 태풍OR의 사장 남정근과 추적본부장 정용택, 그리고 간부들이었다.

한정유의 활약으로 태풍OR의 인지도가 대폭 올라갔지만, 그것보다 더 큰 위기가 생겼기 때문이다.

문재성으로부터 해동 길드의 스페셜 마스터가 직접 스카웃하려 했다는 말을 듣고 남정근은 불안감에 몸서리를 쳤다.

해동에서 관심을 가졌다는 건 다른 길드도 언제든지 마수를 펼칠 수 있다는 걸 의미했다.

"한 팀장, 갈 거니?"

"어딜요?"

"길드. 요새 접촉해 오는 사람들이 많을 텐데?"

"없습니다. 해동 쪽에 퇴짜를 놨더니 그게 소문났나 보네요."

거짓말이다.

일이 벌어지고 한동안 전화통에 불이 났다.

전부 모르는 전화번호였는데 어떤 번호는 하루에 10통도 더 왔다.

길드의 스카우터들이 하는 전화가 분명했다.

하나도 받지 않았다.

불을 보듯 뻔한 전화를 받아 똑같은 말을 반복하는 것도 지겨운 일이기 때문이다.

전화를 받지 않자 이번엔 사람들이 찾아오기 시작했다.

예상대로 길드의 스카우터들이었는데 대부분 최상의 조건을 내세우며 자신들의 길드로 오란 제의였다.

"이상하네."

"이상할 것 없습니다. 길드엔 저 같은 놈들이 셀 수 없이 많다면서요."

"정말 그렇게 생각해?"

"농담입니다."

"그래서 어쩔 건데?"

"안 갑니다. 여기 들어올 때 분명히 말했을 텐데요. 태풍OR을 제 힘으로 키우겠다고."

"고맙다. 내 꿈은 OR에서 벗어나 길드로 올라서는 거야. 그러기 위해서는 네가 반드시 필요해. 물론 시간이 필요하겠지만 너만 있다면… 너만 있다면 충분히 가능하다."

한정유를 바라보는 남정근의 표정은 열기에 사로잡혀 있었다.

뜻밖에 얻은 인재.

하지만 스켈레톤 3마리까지 잡을 정도라고는 정말 상상조차 하지 않았다.

그저 촉망받은 인재가 더러운 이유 때문에 탄탄대로에서 넘어졌을 뿐이라고 생각했다.

그런데 이렇다.

스켈레톤 3마리를 때려잡으려면 최소 2급 헌터에서도 상위 랭커나 가능한 일이었다.

그러나 그게 전부가 아닐 것이라는 예감.

알면 알수록, 보면 볼수록 신비로운 남자.

갈수록 강해지는 한정유를 볼 때마다 기쁨을 숨기지 못했다.

그 역시 천하 길드에서 골든헌터로 이름을 날리다가 10년 전에 뛰쳐나와 태풍OR을 설립했기에 한정유의 실력이 이게 전부가 아니란 걸 안다.

스페셜 마스터와 있었던 일을 문재성에게 보고받았다.

스페셜 마스터.

현재 길드의 간판은 골든헌터들이 차지하고 있지만, 그들은 천상 위에서 노니는 고수들이었다.

골든헌터로서는 쳐다보기도 힘든 존재들이란 뜻이다.

그런 고수를 상대로 조금도 꿇리지 않았다는 한정유의 태도.

어떻게 보면 무식함이고 어떻게 보면 오만이며, 어떻게 보면 판단력이 부족한 것처럼 보인다.

그럼에도 남정근은 그런 한정유가 좋았다.

패기로 똘똘 뭉쳐져 있는 남자.

어떤 험난한 길도 뚫고 나갈 것만 같은 용기와 무력.

한마디로 한정유는 태풍OR이란 주머니 속에 들어 있는 날카로운 송곳이었다.

*　　　*　　　*

또다시 돌아온 일상.

북한산 던전이 소멸된 후 시간이 지나면서 평화로운 일상으로 돌아왔다.

마치 큰일이라도 날 것처럼 떠들어대던 언론과 인터넷도 정부와 길드가 연속해서 다시는 도시가 공격받지 않도록 대책을 마련하겠다는 발표를 하자 점점 조용하게 변해갔다.

급격하게 늘어나던 던전의 숫자도 다시 원래대로 돌아갔고, 괴물들의 숫자도 적어졌기에 한정유의 특수지원팀은 놀고먹는 신세가 되었다.

오늘도 한정유는 연무장에 팀원들을 모아놓고 훈련을 시행했다.

이젠 말하지 않아도 시간이 되면 알아서 팀원들이 먼저 모인다.

변해가는 각성의 능력.

한정유가 훈련시킨 지 3달이 지나자 그들의 무력은 몰라보게 달라지고 있었다.

"서지현, 허공으로 떴을 때 자유자재로 방향 선회가 되어야 한다고 몇 번이나 말해. 좌측으로 두 치가 모자라잖아. 이 자식이 정신을 어디다 두고 있어!"

"죄송해요."

"네가 지닌 마법. 아이스 애로우는 아직 마력이 부족해서 정면 공격만으로 적에게 강한 타격을 주기 어려워. 그것을 뒷받침해 줄 수 있는 것이 몸의 흐름이다. 흐름이 완벽해지면 모든 공간이 네 것으로 변하게 되지. 이국현, 너도 마찬가지야. 스톤 볼의 생명은 스피드라는 걸 잊지 마라. 네 초능력이 대단하다는 건 인정하지만 단숨에 괴물을 박살 낼 정도는 아니야. 그 말은 반격에 취약해서 언제든 네가 당할 수 있다는 걸 의미한다. 무슨 말인지 알겠어?"

"알겠습니다."

"내공이나 마력의 증진은 개인에게 달려 있다. 하지만 너희들이 가지고 있는 무공이나 마법은 그 정교함을 교정해 나가면 더욱 날카롭고 강해질 수 있다는 걸 잊지 마라."

한정유는 일일이 그들이 펼치는 도법과 검법, 그리고 마법과 초능력의 단점을 지적하면서 교정을 해주었다.

하지만 가장 그들의 실력을 일취월장 변화시킨 것은 바로 대련이었다.

물론 대련을 펼치면 맞는다.

거의 초죽음이 될 정도로 두들겨 맞았지만 팀원들은 다음 날이면 언제 그랬냐는 듯 연무장으로 모여들었다.

고수와의 대련이 그들의 실력에 얼마나 많은 도움이 되는지 너무나 잘 알기 때문이었다.

이를 악물고 덤벼야 했다.

계속 맞았지만 그들은 한정유와 상대할 때 자신이 지닌 모든 실력을 끝까지 끄집어내어 마음껏 펼쳤다.

빈틈을 파고들어 때리는 주먹에 맞을 때마다 성장한다.

그래서 온몸이 퉁퉁 부을 때까지 맞기를 주저하지 않았다.

그것이 고수로 가는 가장 큰 지름길이니.

"팀장님, 뉴스 보셨습니까?"
"무슨 뉴스?"

잠시 쉬는 틈을 이용해서 문규현이 불쑥 물었다.
놈은 계란으로 얼굴을 문지르고 있었는데 대련을 하면서 얼굴을 집중적으로 맞았기 때문이다.

"드디어, 히어로전의 일정이 발표되었어요. 3달 후에 벌어진답니다."
"나도 봤어요. 아우, 이번엔 어떤 길드가 우승할까. 정말 기대돼요."
"또 난리가 나겠네. 히어로전이 벌어지면 온 나라가 발칵 뒤집히잖아."

문규현이 먼저 말을 꺼내자 팀원들이 너도나도 한마디씩 거들었다.
그들은 말만 들어도 흥분된다는 듯 양손을 꼬물락거렸다.

이것들이 지금 무슨 소릴 하는 거야.
히어로전이 뭔지 가르쳐 주고 떠들어야 될 거 아냐.

"잠깐, 스톱. 먼저 히어로전이 뭔지 말해줄 사람."

"팀장님, 지금 장난하시는 거죠?"

"왼쪽 눈도 파랗게 만들어줄까?"

"아이고, 무슨 그런 말씀을……."

슬쩍 주먹을 들어 올리자 문규현이 뒤로 잽싸게 엉덩이를 밀고 도망갔다.

그러면서도 한정유의 얼굴을 빤히 바라보며 진의를 파악하느라 눈알을 부지런히 움직였다.

이 인간은 속을 알 수 없다.

어떤 때는 폭풍 같은 카리스마가 튀어나오지만 어떨 때는 전혀 다른 사람처럼 장난을 걸어왔기 때문에 분위기 파악을 잘해야 했다.

그때 서지현이 불쑥 나섰다.

가장 막내.

불과 19살의 아직 젖살도 빠지지 않은 어린애지만 당차기는 팀원 중에서 제일이다.

더군다나 아이스 애로우란 마법 능력까지 갖춰 팀원들이 함부로 대하지 못했다.

"히어로전은 길드원들을 대상으로 벌어지는 일종의 축제예요. 길드에서 헌터들이 3명씩 출전해서 우승자를 가리는데, 길드는 물론이고 국민들도 관심이 대단해요. 상금도 100억이나 되고 우승하면 챔피언전에 출전할 수 있기 때문에 헌터들에겐 꿈의 무대죠."

"상금이 100억?"

"그게 많은 건 아니죠. 헌터 챔피언전은 무려 상금이 1,000억인걸요."

"그건 또 뭔데?"

"팀장님, 정말 왜 이러세요. 꼭 외계에서 온 사람처럼!"

"내가 기억상실증에 걸려서 그래."

"칫, 농담도. 아재 개그를 하고 계셔, 춥게시리."

"까불지 말고 말해봐. 그건 또 뭐냐?"

"헌터들의 월드컵이죠. 히어로전에서 우승한 헌터들이 3년마다 한 번씩 붙어요. 국가의 명예를 걸고. 그땐 정말 난리가 나죠. 그러고 보니 내년에 헌터 챔피언전이 벌어지네요."

"하아."

이 세계는 알면 알수록 참 웃긴 곳이다.

물론 무림에도 비무대회를 벌이곤 했다.

하지만 그건 대부분 정의맹에서 맹주의 주관 아래 축제 형식으로 벌이는 짓이었고 마도나 사파 쪽에서는 전혀 없었다.

마도나 사파는 싸우면 죽인다.

무인이 칼을 꺼낸다는 건 곧 죽음을 말하는 거니까.

"히어로전 참가 자격이 꼭 길드 소속이어야 되니?"

"그건 아니에요. OR쪽에서도 1명씩 출전할 수 있어요. 하지만 대부분 출전하지 않아요. 나가봤자 망신만 당하고 오거든요. 아,

그러고 보니……."

말을 하던 서지현이 갑자기 펄쩍 뛰면서 손뼉을 쳤다.

그녀의 행동에 팀원들의 고개가 동시에 한정유를 향해 돌아갔다.

자신들은 부족하지만 한정유라면 다르다.

비록 길드에서 최고의 헌터들이 참가한다지만 어쩌면 한정유는 그들을 이길 수 있을 거란 생각이 들었다.

한정유는… 그녀가 봤던 어떤 헌터보다 강한 사람이었으니까.

제13장

내 길을 막지 마

임맥의 마지막 혈도 승장혈을 깨뜨리자 내공이 용솟음치며 하단전 전체를 관통해 나갔다.

부르르 떨리는 전신.

이마에서 흘러내리는 땀방울.

한정유는 하단전을 휩쓸고 치솟는 내공을 독맥으로 유도했다.

본능적인 감각과 경험으로 안다.

과거에도 그는 승장혈을 깨뜨린 후 곧장 강간혈을 부순 적이 있으니, 이번 기회에 반드시 7성까지 무극진기를 끌어 올릴 작정이었다.

하지만 독맥을 따라 무섭게 움직이던 무극진기가 강간혈에 가로막히며 머리에서 극심한 통증이 발생했다.

강간혈은 인체의 구성상 머리의 중간 부분에 있는 혈도로 급소 중의 급소에 해당한다.

임맥의 대부분은 하단전부터 턱밑까지 구성되어 있지만 독맥의 주요 구성 혈도는 전부 머리에 몰려 있는데, 교통사고를 당해 고여 있던 피와 손상된 조직이 강간혈의 타혈을 방해하고 있는 게 분명했다.

통증이 심해질수록 포기하고 싶다는 마음이 들었다.

유혹이다.

승장혈을 관통시킨 이상 내공의 진전은 상당 부분 이뤄졌으니 천천히 해도 늦지 않다는 생각이 고통을 따라 슬금슬금 피어올랐다.

하지만, 한정유는 이를 악물고 그 유혹을 뿌리쳤다.

여기서 끝낸다.

자신의 눈앞에서 등을 돌리며 말했던 서연정의 모습, 그리고 경멸 어린 시선으로 모욕적인 언사를 함부로 뱉어냈던 정도일의 뻔뻔한 얼굴.

너희들, 기다려.

조만간 그 치욕을 반드시 갚아준다.

끝없이 무극진기를 뇌호혈에 때려 박았다.

고통으로 인해 온몸이 벌벌 떨려왔으나 한정유는 이를 악물고 끊임없이 내공을 전진시켰다.

푸드득, 파박… 파악!

이명.

그토록 견고했던 뇌호혈에 균열이 발생하는 소리가 고통에 젖어 있는 머릿속에서 끊임없이 들려왔다.

그러던 한순간.

콰앙!

폭탄이 터지는 소리와 함께 강간혈이 개방되며 무극진기가 거대한 파도가 되어 끝없는 대해로 퍼져 나갔다.

답답한 가슴이 한순간에 뚫린 느낌.

무극진기가 대해를 가로지르며 끝없이 흐르고 흘렀다.

유영.

하염없는 흐름 속의 자유.

막혀 있던 내공이 새로운 경지로 진입하는 과정이다.

전생에서 이미 경험한 과정이었으나 다시 이런 경험을 하게 되자 더없이 기뻤다.

언제나 인간은 극도의 고통 속에서 한계를 이겨냈을 때 환희를 느낀다.

무념무상.

단전이 확장되며 강간혈을 통해 돌아온 내공을 품자 오색영롱한 빛이 솟구쳐 한정유의 전신을 뒤덮었다.

*　　*　　*

길드.

길드의 법적 인가조항은 단순하고도 거의 불가능에 가까웠다.

최소 1명의 스페셜 마스터와 10명의 골든헌터, 최소 50명의 헌터들이 있어야 인가를 취득할 수 있다.

그것도 까다롭고 복잡한 과정을 통해서.

남정근이 길드에 올라가기 위해서는 시간이 필요하다고 말했지만 한정유는 그를 믿지 않았다.

현재 태풍OR의 골든헌터는 사장인 남정근뿐이었고, 길드협회가 인정하는 헌터의 숫자도 불과 10명밖에 되지 않았다.

사실상 불가능에 가까운 일.

남정근의 꿈은 사실이겠지만 현실은 전혀 그렇지 못하다는 난점이 있다는 걸 누구나 다 안다.

아무리 좋은 인재들을 스카웃해서 헌터 숫자를 맞춘다 해도 골든헌터와 마스터를 확보한다는 건 불가능하기 때문이었다.

스페셜 마스터는 물론이고 골든헌터들이 OR에 내려올 리가 없으니 남정근의 꿈은 공염불에 가까운 일이었다.
하지만, 한정유는 웃었다.

안 되면 되게 한다.
세상은 언제나 불가능이란 존재하지 않는 법이다.
더구나 인간들이 하는 일 아니겠는가.

* * *

"어이 JK 골든헌터. 거기 연봉 얼마냐?"
"그건 갑자기 왜 물어?"
"궁금해서."
"많다. 꽤."

김도철이 쓴웃음을 흘리며 한정유를 빤히 쳐다봤다.
그러자 한정유가 마주 보며 의미심장한 웃음을 지었다.

"어이, 친구. 우리 인생에서 돈이 전부는 아니잖아. 그렇지?"
"무슨 말을 하고 싶어서 그래. 겁나게."
"너, 나와 같이 일하자."
"미친놈."
"골든헌터로 사는 것보다 나와 함께 멋진 세상을 만들어가는 게 더 재밌을 거야. 죽여주게 끝내주고 멋있는 남자들의 세계 말이야."

술을 한입에 털어 넣은 한정유가 소주잔을 건네자 김도철의 얼굴이 천천히 일그러졌다.

그는 친구의 표정에서 농담이 아니란 걸 읽은 것 같았다.

"어디로?"

"태풍OR, 아니지, 곧 태풍 길드가 되겠군."

"길드로 전환한다고? 재밌는 말을 하네. 쉽지 않을 텐데?"

"충분한 일이야. 내가 그렇게 만들 테니까."

"스켈레톤 때려잡는 네 실력은 봤어. 하지만 그 정도 가지고는 아무것도 못해. 너무 과신하지 마라."

"그게 내 실력의 3할 정도밖에 되지 않는다면?"

"싸우는 거 보고 네 실력이 골든헌터 이상이란 거 대충 짐작은 했어. 그래도 뻥은 너무 크게 치는 거 아니다. 더군다나, 길드를 설립하려면 마스터급과 10명의 골든헌터가 필요한데 그런 자들을 어디서 구한단 말이냐?"

"그건 내가 알아서 해."

"어떻게?"

"올지 말지만 결정해. 그럼 말해주지."

"듣고 나서 결정하면 안 될까?"

"이 자식아, 내가 말했잖아. 세상에서 제일 재밌는 일을 하자는데 뭔 말이 그리 많아!"

*　　　*　　　*

대한민국의 흑사회는 7개의 파벌이 형성되어 치열한 각축장으로 변한 지 오래였다.

그럼에도 경찰들은 그들을 건들지 못했다.

이미 기업화되었고, 과거의 조폭처럼 단순 무식하지 않았기 때문이다.

더군다나 일반인들을 괴롭히던 양아치들은 스스로 완벽하게 정화시키는 기능까지 갖추었고 인간의 범위를 초월한 각성자들로 구성되어 경찰은 아예 그들을 상대할 생각조차 하지 못했다.

길드가 나서면 다르겠지만 길드 역시 흑사회에 대해서는 신경 쓰지 않았다.

사회는 천천히 움직이는 톱니바퀴처럼 정교하게 움직이기 때문에 한곳을 건드리면 다른 쪽에서 문제가 생기는 법이다.

흑사회를 모두 없애고 나면 각성자들이 갈 곳이 없다.

그리되면 더 큰 사회적 문제가 상처에 난 고름처럼 여기저기서 터져 나올 게 분명했다.

한정유가 그중 질풍조란 흑사회에 모습을 드러낸 건 김도철과 만나고 이틀이 지난 후였다.

질풍조는 서울에 존재하는 5개의 흑사회 중 하나로 영등포 일대와 인천까지 휘어잡고 있는 자들이었다.

혼자다.

김도철은 자신의 계획을 들은 후 회사에 사표를 쓰겠다는 약속을 했는데, 시기는 조절할 생각이었다.

그가 해야 할 일이 있었다.

그동안 끝없이 가져온 궁금증.

던전을 들어가기 위해서는 그의 도움이 필요했다.

어이없게도 질풍조의 본부는 영등포 외곽에 있는 거대한 공장이었다.

사방이 휑하게 뚫린, 주변에 어떤 건물도 없어 감시가 용이한 곳이었다.

천천히 걸어 정문으로 들어서려 하자 5명의 사내들이 제동을 걸어왔다.

사내들은 각각 무기를 지니고 있었는데 도와 검이 대부분이었다.

"어떻게 오셨을까?"

"대가리 만나러."

"어떤 대가리?"

"질풍조에 대가리가 여럿은 아닐 거고. 어디 있나, 그 친구?"

"이 미친 새끼가……."

"안내하라고 했지 누가 욕하라고 했어!"

중앙에 있는 놈이 불쑥 앞으로 나서는 순간 한정유의 몸이 귀신처럼 파고들며 명치 깊숙이 수도를 찔렀다.

단 한 방에 앞으로 나섰던 놈이 쓰러졌고 뒤이어 다른 놈들이 사방으로 나가떨어지기 시작했다.

각성자라 해도 같은 각성자가 아니다.

한 놈이 쓰러지면서 사내들이 빠르게 진형을 갖췄지만 제대로 무기조차 꺼내지 못하고 뻗었다.

작정을 하고 시간을 냈으니 오늘 피를 보는 한이 있더라도 반드시 목적을 달성할 생각이었다.

목적지에 도착할 때까지 20여 명을 쓰러뜨렸다.

공장에 들어가는 순간부터 습격이 시작됐는데 갈수록 괜찮은 실력을 가진 자들이 나타났다.

별놈들이 다 기어 나왔다.

무림에서 온 놈, 마법을 쓰는 놈, 초능력으로 덤비는 놈.

그럼에도 한정유는 거침없이 질주하며 닥치는 대로 쓰러뜨렸다.

마치 펜타곤처럼 형성되었던 중앙 건물이 열리며 10여 명의 인물들이 나타난 건 한정유가 공터에서 막 나온 3명을 쓰러뜨린 후였다.

"누구냐?"

"똘마니는 빠지고 대가리가 나와. 당신이 대가리야?"

한정유가 좌측에서 소리친 놈을 무시하고 중앙에 서 있는 30대 후반의 남자를 향해 시선을 주었다.

그가 바로 질풍조를 이끄는 김한철이었다.

한눈에 봐도 알 수 있다.

묘하게 뿜어져 나오는 기운.

극강의 고수들에게만 볼 수 있는 기세와 향기다.

골든헌터급 이상이라고 하더니 과연 훌륭한 기세를 지녔다.

한정유의 도발에 김한철의 입에서 희미한 미소가 흘러나왔다.

어이없기도 하고 재밌기도 하다는 표정.

"가끔가다 너 같은 애들이 오곤 하지. 기껏 웅덩이에서 놀던 피라미가 바다를 먹어보겠다고 날뛰는 것처럼."

"나와. 거기서 지껄이지 말고. 적이 나타났을 땐 수하들 뒤에서 떠드는 거 아니거든."

"내가 굳이 나설 필요가 있을까?"

"아니, 너도 나설 필요 없어. 그냥 무릎만 꿇으면 돼. 그러면 아무도 다치지 않는다."

"미친 새끼!"

김한철의 옆에 있던 가죽점퍼가 허공으로 뛰어오르는 동시에 칼을 뽑아 들었다.

파공성.

유연하고도 패도적인 도법.

떨어지면서 펼쳐낸 일곱 번의 칼질은 전부 한정유의 사혈을 노린 것들이었다.

강하다, 더군다나 살인을 두려워하지 않는다.

가차 없이 죽음을 원하는 그의 칼은 살기로 가득 차 있었다.

하지만, 그의 칼은 한정유의 몸에 닿지 못한 채 튕겨져 나갔는데 입에서 분수처럼 피가 솟구치며 사내의 몸이 그 뒤를 따랐다.

단천열화권의 제2초식 혼(魂).

칼이 다가오는 순간 모든 공격을 차단한 한정유의 주먹이 가죽점퍼의 요혈들을 차례대로 가격했던 것이다.

"어차피 쉽게 끝낼 생각도 없었어. 너희 같은 놈들은 피를 봐야 정신을 차리거든. 어이 거기, 대가리 옆에 있는 놈들까지 한꺼번에 다 나와. 너희 대가리는 아무래도 전부 뻗어야 나올 것 같으니까."

한정유가 이를 드러내며 천천히 무극도를 꺼내 들었다.

전부 죽일 생각은 없었지만 전부 병신으로 만들 각오는 되어 있었다.

이 정도는 해야 말이 통한다.

그때, 한정유가 칼을 뽑아 드는 걸 지켜보던 김한철이 앞으로 나서려던 수하들을 제치고 걸어 나왔다.

그는 어느새 검을 빼 들고 있었는데, 시린 한기가 올올히 뿜어져 나왔다.

"아주, 좋군. 피라미란 말은 취소. 최소한 붕어 정도는 되겠어. 그래도 너무 자신감이 과해."

"자신감은 남자의 특권이다. 특히 고수의 자신감은 두려움의 대상이기도 하지."

"크크크… 멋있는 말이군."

"나는 용건이 있어 왔다. 붙고 나서 말할까, 아니면 지금 말할까?"

"애들이 다친 이상 용건은 필요 없다. 내가 원하는 것은 오직 네 목숨뿐이야."

"후회할 텐데?"

"난 후회라는 단어를 몰라."

"그럼 나와. 하지만 각오해야 될 거다. 내가 약속하지. 네가 그 검을 내게 겨누는 순간 질풍조가 세상에서 지워진다는 걸."

한정유가 뒤로 다섯 걸음 미끄러져 물러났다.

그런 후 꺼냈던 무극도를 하늘로 치켜올린 후 공중으로 뛰어올랐다.

신체가 사라지고 보이는 건 오직 하나.
거대한 칼.
칼이 혼자 허공을 난도질하며 벼락과 번개를 뿜어냈다.
바로 섬전십삼뢰의 4초식 파혼(破魂)이었다.

승장혈과 강간혈이 타혈되면서 증진된 내공이 고스란히 담기자 도기가 일 척이 넘게 뿜어져 나와 칼이 닿는 곳마다 웅덩이가 파이며 땅이 치솟아 올랐다.
무시무시한 위력.

검을 들고 나섰던 김한철은 물론이고 그 뒤에 서 있는 자들의 안색이 창백하게 변했다.
한정유의 칼은 공포 그 자체였다.

한정유가 펼친 단 한 번의 칼질.
그러나 그 한 번의 칼질에 김한철의 시선이 검게 죽었다.

지금까지 살아오면서 어떤 자도 두려워한 적이 없었다.
길드에 들어가서 편안한 삶을 살지 않았던 것은 그가 전생에서 살아온 인생과 전혀 어울리지 않았기 때문이다.

자유롭게 살아왔고 환생한 이후에도 그렇게 살았다.
조직에 얽매여 예의나 지키며 사는 인생은 진짜 사는 게 아니었다.

무림 일각의 변두리였으나 한 조직을 장악하고 사신으로 군림하며 살아왔으니 이 세계의 삶도 자연스럽게 그리되었다.

길드의 마스터는 보지 못했으나 골든헌터들과는 맞짱을 뜬 적이 있었다.

벌써 3년 전 일이었지만 천하 길드의 골든헌터 2명과 호텔에서 시비가 일어나 싸움이 벌어졌다.

골든헌터들은 마치 예전의 고리타분한 정파 놈들처럼 자신의 부하들을 눈곱의 떼처럼 여기며 자존심을 긁었다.

놈들이 지닌 푸른 반지가 천하 길드의 골든헌터를 상징하고 있었지만 두렵다는 마음은 조금도 없었다.

강한 두 명을 상대로 30분 동안 팽팽하게 싸웠다.

그만큼 자신의 실력은 누군가에게 쉽사리 당할 만큼 약하지 않았다.

하지만, 자신의 미간을 겨누고 있는 한정유의 칼을 보자 검을 치켜올릴 수가 없었다.

덤비면 죽는다.

그 칼이 그렇게 말하고 있었다.

"어쩔 텐가. 끝까지 가볼까?"

"방금 했던 말 취소. 용건부터 들어보지. 어차피 날 찾아왔을 때는 이유가 있을 테니까."

"이제 말이 통하는군."

한정유가 칼을 내렸다.

자신이 펼친 섬전십삼뢰 제4초식 파혼(破魂)에 무려 8성의 내공을 담았다.

대적할 의지를 꺾기 위해서는 압도적인 위력을 보여줄 필요가 있었기 때문이다.

강간혈이 뚫린 그의 내공은 이전과 비교조차 할 수 없을 정도로 증가된 상태였기에 도기가 공간을 갈기갈기 찢어 놨다.

물론 예전 마제 때와 비교한다면 아직도 멀었으나, 김한철의 눈에 두려움을 만들기에는 그로서도 충분했다.

그럼에도 당당하게 서 있는 김한철의 모습을 보자 저절로 고개가 끄덕여졌다.

제법이다.

눈에서 전혀 두려움이 흘러나오지 않고 있으니 이자는 조직을 위해서라면 언제든지 목숨을 걸 수 있는 자다.

지금도 먼저 대화를 요청한 것은 조직을 위해서였지 자신의 죽음이 두려워서가 아닌 것 같았다.

"내가 길드를 만든다. 그래서 네 이름을 빌려야겠어. 네 조직원 중 헌터급 몇도 포함해서."

"웃기는군. 질풍조를 통째로 빼겠다는 뜻이냐?"

"내 말이 어려웠나. 이름만 빌리겠다고 했잖아. 왜 말귀를 못 알아듣지?"

"이름을 빌린다……. 어떻게?"

"길드를 설립하는 데 골든헌터가 10명이 필요해. 헌터들은 50명이 필요하고. 네 이름을 길드에 올리는 거야. 어때, 어려운 건 아니잖아."

"싫다면?"

"다, 죽는 거지. 난 목적한 것이 실패하면 씨를 말려 버린다. 어차피 써먹지 못하는 이상 폐기 처분을 한다는 게 내 신조야. 너희들이 그렇게 깨끗한 놈들도 아니잖아. 어때, 믿겨지지 않으면 직접 보여주고."

"음……."

"이름 빌려주고 가끔가다 출장이나 몇 번 나와주면 돼. 그러면 월급은 꼬박꼬박 챙겨줄게. 이런 짓만 하다 보면 심심할 거야. 고수가 언제까지 애들 노는 데서 하릴없이 시간을 죽일 테냐. 그 검, 녹슬지 않았어?"

"크크크……. 솔깃한 말을 하네."

"재밌을 거다. 그리고 나와 함께 일하다가 진짜 야망이 생기면, 그땐 옆에 있어도 좋아. 남자가 한번 태어났으면 멋있게 살다 가야지."

"정말 그게 단가?"

길드가 외면하고 있는 흑사회를 때려잡아 인원을 확보하는 건 그리 어려운 일이 아니란 판단은 잘못된 것이었다.

질풍조의 김한철은 순순히 자신의 뜻을 받아들였지만 종로를 장악하고 있는 강북파는 끈질기게 저항하며 반격을 했기에 어쩔 수 없이 뒤로 물러났다.

강북파의 보스 문명국은 실력만큼이나 심계가 뛰어나고 지독한 자였다.

질풍조에 대한 소문을 들었기 때문인지 모습을 감춘 채 나타나지 않고 본부에 쳐들어간 한정유에게 오히려 협박을 가해왔다.

이대로 물러나지 않으면 가족을 포함해서 일가친척까지 전부 죽이겠다는 엄포였다.

어이가 없었으나 가족이 위험에 빠지는 건 절대 무시할 수 있는 일이 아니었다.

그렇다고 해서 그냥 물러서지도 않았다.

본부 건물에 있는 놈들이 협박을 가해왔을 때 20여 명을 전부 박살 내면서 강한 경고를 남겼다.

"쥐새끼같이 숨어서… 협박이나 일삼는 놈은 나도 필요 없어. 가족을 건드린다고 했지? 문명국이한테 해보라고 전해. 그땐 너희 강북파의 대가리를 전부 잘라서 한강에 처넣을 테니까."

* * *

사무실에 들어온 한정유는 팀원들을 연무장에 몰아넣은 후 사장실로 향했다.

미리 이야기를 해놓은 게 있었기 때문인지 남정근은 초조한 표정으로 자신을 기다리고 있었다.

"갔다 왔어?"
"예."
"일은?"
"아무래도 그놈들은 안 될 것 같습니다. 생각처럼 쉽지 않은데요."
"그랬을 거야. 그 자식들은 독사보다 지독한 놈들이니까. 그럼, 이제 그만둘 텐가?"
"그럴 리가요."
"어쩌려고?"
"난 한번 뺀 칼은 그냥 넣지 않습니다. 사장님, 정보망 가지고 계시죠?"
"있지. 돈이 들지만 꽤 괜찮은 데가 있어."
"그렇다면, 문명국이 어디 있는지 소재를 파악해 주세요."
"설마……."
"끝장을 봐야 한다고 그랬잖습니까. 그놈은 제 가족을 위협했습니다. 그런 놈은 조금만 불리하면 언제든지 실행에 옮기죠. 그러기 전에 죽이든, 병신을 만들든 끝을 봐야 합니다."
"알았네. 최대한 빨리 알아보지."

남정근이 꿀꺽 침을 삼키는 게 보였다.
이럴 것이라고 전혀 생각하지 못한 얼굴이었다.
위협에 굴복하지 않겠다는 의지는 쉽게 실천하기 어려운 일이었다.

더군다나 가족의 안전이 달린 것이라면 더욱 그럴 것이다.

그런데도 한정유는 말을 끝내고 천천히 커피 잔을 들어 올리며 전혀 시선에 감정을 담지 않았다.

무서우리만치 차갑고 냉정하다.

훌륭하게 써먹을 수 있는 칼을 얻었다고 생각했는데, 한정유는 시간이 지날수록 그냥 칼이 아니란 두려움이 생겼다.

누가 길드를 설립하기 위해 흑사회를 통째로 뒤흔들 것이라 생각하겠는가.

처음에는 농담이라고 생각했다.

대한민국을 장악하고 있는 흑사회의 힘은 일개 개인이 어쩔 수 있는 게 아니었으니.

꿈을 가졌지만 자신 역시 그 꿈이 힘든 것임을 충분히 알고 있었다.

그럼에도 꿈을 버리지 않았던 것은 천천히 하나씩 해결해 나가면서 힘을 키우면 언젠가는 이루어질 거란 믿음을 가지고 있었기 때문이다.

하지만, 한정유는 자신의 시간을 단박에 무너뜨리며 실행에 옮겨 그 첫 단추로 1명의 골든헌터와 5명의 이름을 가져왔다.

*　　*　　*

또다시 던전이 열렸다.

이번에는 대전이었다.

비상이 걸리자 한정유는 팀원들과 함께 용산으로 이동해서 '하이퍼 루프'를 타고 대전으로 향했다.

'하이퍼 루프'는 최대속도 900㎞/h에 달하는 신개념 이동 수단으로, 대전까지 걸리는 시간은 15분에 불과해 현장에 도착했을 땐 사무실에서 출발한 지 1시간이 겨우 지났을 뿐이었다.

"우리도 돗자리 펴자."

통제본부의 직원들이 정신없이 바리케이트 치는 걸 보면서 한정유가 툭 던진 말에 팀원들이 휴대용 캠프를 폈다.

5인용 텐트의 10배 정도 크기인 캠프는 전자동으로 설치할 수 있었는데, 워낙 조립이 간단해서 완성하는 데 10분이면 충분했다.

캠프가 완성되는 걸 지켜보던 한정유가 슬쩍 시계를 확인했다.

오늘이 그날이다.

던전으로 올라간 길드는 국내 3대 길드 중 하나인 JK 파티였고, 그 속에 김도철이 들어 있었다.

"팀장님, 캠프가 완성되었습니다. 바로 시작할까요?"

가장 선임인 이철승이 의견을 물어왔다.

그는 이제 당연한 듯 연무할 장소를 물색해서 구해놨는데 지금 당장 훈련을 시작해도 되겠냐는 표정이었다.

"오늘은 너희들끼리 해. 내가 다녀올 곳이 있어."

"어딜 가십니까?"

"갔다 와서 알려주지. 설렁설렁하지 말고 최선을 다해. 훈련은 나를 위해 하는 것이 아니라 너희들 스스로를 위한다는 걸 절대 잊지 말고."

한정유가 스르륵 몸을 돌렸다.

그런 후 던전이 열려 있는 미사봉으로 몸을 날렸다.

* * *

JK 길드의 방어팀이 플라잉카로 도심을 순회하다 태풍OR의 캠프 주변에 내려온 것은 점심시간이 되었기 때문이다.

저번 북한산 던전에서 스켈레톤이 빠져나오며 대규모의 피해가 발생했기 때문에 국민들의 여론이 극도로 악화됨에 따라 정부와 길드에서 대책을 마련한 게 특수방어팀을 운영하는 것이었다.

OR의 경계까지 뚫고 빠져나온 괴물을 처리하는 것이 길드방어팀의 임무였다.

인원은 골든헌터를 포함해서 최정예 헌터 5명.

이 정도의 인원이면 스켈레톤까지는 처리가 가능한 전력이었다.

플라잉카에서 내린 JK의 골든헌터 차명석이 수하들의 움직임을 보며 천천히 걸어 그늘진 곳으로 이동했다.

음식점을 찾지 않은 건 길드에서 제공되는 도시락이 훌륭했기 때문이다.

자체적으로 출장 가는 헌터들을 위해 만든 도시락은 각종 영양분을 골고루 섭취할 수 있도록 최고급으로 제작되어 일반인들은 쉽게 접하기 어려운 음식들로 가득 차 있었다.

"팀장님, 준비 다 됐습니다. 드십시오."

뒷짐을 지고 주변을 둘러보는 그에게 3급 헌터 유길상이 다가와 공손하게 입을 열었다.

그와는 벌써 3년을 같이 근무했기에 자신의 수족이나 다름없었다.

팀원들이 준비한 식탁에 앉아 도시락을 열고 천천히 젓가락을 들었다.

아무리 맛있는 음식도 여러 번 먹으면 질린다.

일반인들은 쉽게 접할 수 없을 정도로 훌륭한 음식들이 가득 들어 있으나, 이런 장소에 앉아 도시락을 먹을 때마다 싫증이 피어올랐다.

그건 길드원들도 마찬가지였던지 젓가락을 놀리는 손길에 짜증이 담겨 있는 게 느껴졌다.

그때 바람과 함께 흙먼지가 날아왔다.

그들과 얼마 떨어지지 않은 곳에서 투닥거리며 뒹굴던 놈들이 다가오면서 발생한 일이었다.

성격이 가장 급한 3급 헌터 지동한의 입에서 욕설이 터져 나온 건 어쩌면 당연한 일이었다.

상대의 정체는 OR을 상징하는 검은 방탄복이었기에 그는 예의를 지키지 않은 놈들을 향해 즉각 소리를 질렀다.

"야, 이 새끼들아. 조심해서 다녀. 너희들 눈에는 우리가 밥 먹는 게 안 보여!"

"미안하게 됐수다. 그런데 왜 욕설이야. 좋은 말 다 놔두고."

"뭐라고!"

전혀 반성하는 기미 없이 뺀질거리는 얼굴.

그 얼굴을 마주한 지동한이 자리에서 벌떡 일어났다.

그런 후 거침없이 다가가 OR요원의 뺨을 갈겼다.

피할 새도 없이 가해진 폭력.

갑자기 뺨을 맞은 이철승의 신형이 뒤로 나가떨어졌다가 튕기

듯이 지면을 박차고 일어섰다.

"지금 날 때렸냐?"

"이 새끼가, 아직도… 정말 죽고 싶어? 머리에 피도 안 마른 새끼가!"

"이 씨발 놈아. 머리에 피가 마르면 죽는 거야."

"하아, 대충 끝내려고 했더니 안 되겠네. 넌 좀 맞아야겠다."

지동한이 푸른 눈으로 자신을 노려보는 이철승을 보고는 뒤쪽에 앉아 있는 차명석을 슬쩍 확인했다.

자신도 모르게 급한 성격 때문에 나섰지만 상사인 차명석의 눈치를 확인할 필요가 있었기 때문이다.

차명석은 어느새 젓가락을 내려놓은 채 커피 잔을 들어 올리고 있었는데 차가운 웃음이 얼굴에 매달려 있었다.

그 의미는 간단하다.

JK 길드에 겁도 없이 덤빈 놈을 처단하는 걸 용인하겠다는 뜻이다.

차명석은 길드원들에게는 꽤나 괜찮은 상사였으나 길드에 대한 자부심이 대단해서 OR이나 AS의 인물들에 대해서는 인간 취급도 하지 않았다.

그랬기에 지동한의 얼굴 위로 징그러운 미소가 피어났다.

따분하고 지겨운 임무.

던전에 올라 괴물들을 처리하던 자신이 재수 없게 방어팀에 끌려와 보름이나 뒹굴었으니 짜증이 올라올 대로 올라온 상태였다.

"어이, 꼬맹이. 몇 대 맞아라. 그러면 병신은 면하게 해주마."

"좆까. 우리 팀장님이 그러더군, 남자 새끼는 자존심을 버리면 죽은 거라고. 한번 붙자. 길드원이 얼마나 대단한지 확인해 보자."

이철승이 입술에서 흐르는 피를 닦아내며 하얗게 웃었다.

그는 당황한 표정으로 말리려는 팀원들의 손길을 뿌리치며 앞으로 나섰는데 한 점의 두려움도 담겨 있지 않았다.

제14장

던전의 비밀

대전 북측 외곽에 있는 미사봉의 높이는 730m.

그리 높은 산은 아니었으나, 예전에는 주말 등산객들이 자주 찾는 명소 중의 하나였다.

그러나 던전이 열리고 괴물이 쏟아져 나온 이후 사람들이 등산하는 경우는 거의 사라졌기에 지금은 일반인들의 모습을 구경조차 하기 어려워졌다.

날카롭게 뻗은 바위, 그리고 울창하게 숲을 이룬 나무들.

그 사이를 뚫고 한정유는 빠르게 신형을 날렸다.

이미 괴물들과의 싸움이 벌어졌는지 여기저기서 고함 소리와 울부짖음 소리가 들려왔다.

중턱까지 올라가자 마중 나와 있던 김도철이 모습을 드러냈다.

“위치는?”
“좌측 100m 전방. 난 못 가. 알지?”
“알아.”
“그런데 정말 해야겠어? 거기에 뭐가 있는지 아무도 몰라. 잘못하면 못 나올 수도 있어.”
“이 자식아. 갔다 온 놈들이 있는데 왜 못 나와. 걱정하지 마.”
“던전 주변에는 헌터들이 지켜. 걔들을 뚫어야 들어갈 수 있어.”
“알아.”
“죽이지는 마. 정체도 들키면 안 돼. 그러면 내가 곤란해지니까.”
“내 모습을 봐. 철저하게 준비해 왔잖아.”

한정유가 슬쩍 웃으며 자신의 옷을 가리켰다.
언제 바꿔 입었는지 검은색 방탄복은 벗은 채 움직이기 편한 차림이었다.
거기다 손에 가면을 들었는데 얼굴을 알리지 않기 위함인 것 같았다.

길드가 무섭기 때문이 아니다.

길드협회가 함부로 던전에 들어가지 못하도록 규정으로 만들어놨기 때문에 자칫 김도철과 태풍OR에 피해가 갈 수 있었다.

"그럼 일봐. 난 갔다 올게."
"몸조심해."

뒤에서 흐르는 김도철의 목소리를 들으며 한정유가 빠르게 몸을 움직였다.
전장이 형성되어 있는 곳은 그가 있는 곳으로부터 한참 떨어져 있었는데 길드의 방어선이 던전으로부터 200m 후방에 위치하기 때문이었다.

김도철이 가리킨 방향으로 접근하자 노란빛에 사로잡혀 있는 던전이 드러났다.
직경 10m 정도의 구체.
어떻게 생성되었는지 알 수 없으나 원래부터 산자락에 있었던 것처럼 밝은 빛을 뿜어내고 있었다.

그때 두런거리며 이야기를 나누고 있는 헌터들의 모습이 보였다.
숫자는 셋.
노란 갑옷을 입었고 팔뚝에 선명한 세 개의 별이 새겨져 있었다.
즉, 3급 헌터들이란 뜻이다.

처음부터 던전을 지키는 헌터들과 싸울 생각은 없었다.

그의 목적은 오직 하나.

길드들이 감추고 싶어 하는 던전 안에 무엇이 있느냐는 것이었다.

현천보를 펼쳐 날아올랐다.

그런 후 강한 빛을 뿜어내는 던전 안으로 파고들었다.

뒤늦게 발견한 헌터들이 소리를 지르며 다가왔으나 이미 한정유의 신형은 던전 안으로 사라진 상태였다.

던전 안으로 들어선 한정유는 잠시 서서 눈부신 광채에 몸을 맡긴 채 오감을 활짝 열었다.

긴장.

축축한 느낌의 알 수 없는 끈적거림이 피부에 달라붙었다.

끝없이 펼쳐진 통로.

미로처럼 얽혀진 구멍들.

입구에서 걸어나갈수록 눈이 부셨던 광채가 사라지며 던전 안의 구조가 서서히 눈에 들어왔다.

던전 안은 그가 예상했던 것과 전혀 다르게 음습함과 축축함이 잔뜩 담긴 구멍들이 수없이 뚫려 있었다.

천천히 걸어 앞으로 나가자 붉은 눈을 지닌 구훌 3마리가 크르릉거리며 다가오는 게 보였다.

최하급 괴물 구홀.

피닉스 길드의 시험에서 상대해 봤지만 보통 사람들은 어려워도 각성자라면 누구나 처치할 수 있는 괴물이었다.

그런데 지금 나타난 구홀은 그가 봤던 구홀이 아니었다.

생긴 것은 같았으나 외기로 뿜어져 나오는 흉맹성은 그가 봤던 구홀과 전혀 달랐다.

이게 뭐지?

듣기 싫은 울음소리를 내면서 다가오던 구홀이 갑자기 지면을 박차고 뛰어올라 한정유를 향해 돌진해 왔다.

급히 현천보를 펼쳐 피하며 단천열화권을 펼쳤으나 놈들의 가죽은 무쇠를 때리는 것 같았다.

더군다나 타격을 받고도 구홀의 움직임은 번개처럼 빨랐다.

날카로운 이빨을 드러낸 단순한 공격이었음에도 워낙 빠르고 강력해서 한정유는 자신도 모르게 내공을 끌어 올렸다.

말도 안 되는 일.

피닉스 길드의 홀로그램 시험이 현실보다 50% 가깝게 괴물의 능력을 감했다는 걸 들었지만 지금의 구홀은 현실보다 최소한 10배는 강하게 느껴졌다.

얼마나 빠른지 내공을 끌어 올린 주먹이 얼굴을 노릴 때마다 빗나갔다.

더군다나 구홀은 본능적으로 자신의 급소인 얼굴을 방어하며 공격을 가해왔는데 그 짧은 다리를 쌍창처럼 교차해서 주먹을 막았다.

한정유는 내공을 더 끌어 올린 후 무자비하게 주먹을 터뜨렸다.

권기가 퍼지면서 세 방향에서 접근해 온 구홀들의 육체를 동시에 타격했다.

그토록 날뛰던 세 마리의 구홀들이 추욱 처진 건 한정유가 3성의 내공까지 끌어 올려 추(鎚)를 시전한 후였다.

어이가 없어 잠시 움직이지 않았다.

3마리의 구홀을 처리하는 데 5분이란 시간이 걸리다니, 황당하다는 생각까지 들었다.

하지만 그의 황당함은 앞으로 전진하면서 더욱 커졌다.

50m 정도 전진했을 때 30여 마리의 구홀 떼와 5마리의 키메라가 다가왔기 때문이다.

무극도를 꺼내 들었다.

처음 상대했던 구홀의 흉포함을 직접 확인한 이상 칼을 꺼내는 것이 훨씬 효율적이란 생각이 들었다.

그때부터 악전이 시작되었다.

구홀은 물론이고 키메라의 흉맹성은 더욱 기가 질리게 만들었다.

그가 현실에서 맞닥뜨렸던 스켈레톤보다 오히려 더 강했다.

그럼에도 한정유는 입술 끝을 끌어 올린 채 무극도를 사방으로 날려 구홀과 키메라를 압살하며 전진했다.

내공을 주입한 무극도가 도기를 뿜어내며 광선처럼 흔들렸다.

비록 괴물들의 흉맹성이 생각한 것보다 월등했으나 이대로 물러나기는 싫었다.

하지만, 그런 생각은 끊임없는 공격해 오는 괴물들을 보자 서서히 질리기 시작했다.

파이튼에 이은 살라멘더, 그리고 스켈레톤.

던전 안의 스켈레톤을 처치하기 위해 무려 8성의 내공을 무극도에 담아야 했다.

정말 괴력이라는 말로밖에 표현이 안 된다.

던전 안의 괴물들은 현실과 비교할 수 없는 흉포함으로 공격을 해왔는데 현천보를 극으로 펼쳤음에도 여기저기 상처를 입어야 할 정도였다.

살라멘더까지는 어떻게 해볼 수 있으나 스켈레톤을 처단할 때는 정말 최선을 다했다.

도시에서 잡았던 스켈레톤과는 근본부터 다른 피지컬과 공격 강도였다.

스켈레톤이 뿜어낸 화염은 속도뿐만 아니라 크기, 강도 면에서 압도적이라 던전이 전부 쿵쿵거리며 울릴 정도였다.

헉, 헉.

얼마나 전진했을까.

서서히 호흡이 가빠지기 시작했다.

지금까지 전진하면서 70여 마리의 구흘과 7마리의 키메라, 10마리의 파이튼, 5마리의 살라멘더. 여기에 3마리의 스켈레톤을 처치했기 때문에 그의 뒤로는 괴물들의 시체로 가득 찬 상태였다.

아직 견딜 만했다.

여전히 어이없고 황당했지만 계속 가볼 생각이었다.

그러나 그 생각은 5마리의 스켈레톤 뒤로 거대한 괴물이 나타나는 순간 스르륵 사라져 갔다.

불꽃같은 안광.

앞장섰던 스켈레톤은 괴물이 나타나자 두려움으로 슬금슬금 옆으로 게걸음을 치며 물러서고 있었다.

괴물의 정체는 금방 확인되었다.

6등급 괴물, 헌터들까지 공포에 젖게 만든다는 헬하운드였다.

"하아, 이 개새끼들. 이래서 던전 안에 뭐가 있는지 쉬쉬했던 거네."

이제 이해가 되었다.

던전 안과 밖의 괴물들은 그 능력에서 무려 10배 정도의 차이가 났다.

어떤 이유인지 모르겠지만 던전 밖으로 나온 괴물들의 능력이 원래보다 대폭 감소된 것 같았다.

아니면, 던전 안의 물리적인 힘이 괴물들의 능력을 상승시켰거나.

어떤 이유든 간에 던전 안은 지옥 그 자체였다.

내공이 독맥의 강간혈을 관통하면서 증진되었음에도 이런 고전을 겪을 정도라면, 다른 헌터들은 들어서는 순간 대부분 죽음을 면치 못했을 것이다.

가빠진 숨을 고르고, 무극도를 헬하운드의 눈에 겨냥했다.

헬하운드.

네 괴력이 어디까진지, 그리고 지금의 내 무공이 어느 정도까지 감당할 수 있는지 확인해 봐야겠다.

한정유가 무극도를 치켜올려 겨냥을 하자 헬 하우든이 긴 팔을 움직여 자신의 앞을 가로막고 있던 한 마리의 스켈레톤을 허공으로 날려 버렸다.

무엇에 가격당한 걸까.

그토록 강했던 스켈레톤의 가죽이 갈가리 찢겨지며 사방으로 흩날렸다.

"오랜만에, 투지가 불타잖아. 멋진 놈이야."

스켈레톤을 단숨에 쳐 죽인 헬하운드가 다가오며 뜨거운 숨결을 흘려내자 한정유의 하얀 이가 드러났다.

환생한 이후, 최선을 다해 싸워본 적이 없기에 온몸의 솜털이 올올히 곤두섰다.

헬하운드가 눈앞으로 성큼 다가오자 무극진기를 끝까지 끌어올렸다.

난 이런 게 좋아.

강한 놈과 원 없이 싸우는 이런 전장만큼 나를 흥분시키는 건 없어.

현실에서의 제약과 규칙, 그리고 인간관계를 대할 때마다 미칠 듯이 답답하고 힘들었다.

현실의 나는 한정유였지만 내 근본은 천하를 질주하며 마음대로 살아온 마제였으니까.

"덤벼, 이 새끼야. 킁킁대지 말고!"

벼락처럼 소리를 지르며 한 발 앞으로 내디뎠다.

현천보의 운용.

전보는 무쇠처럼 굳건하게, 후보는 언제든지 움직일 수 있을 정도로 발끝을 땅에 둔다.

한 발 앞으로 나서는 순간 한정유의 몸에서 폭풍 같은 기세가 흘러나왔다.

그러자 피처럼 붉은 눈을 가진 헬하운드가 거침없이 쭉쭉 앞으로 달려 나왔다.

한정유는 헬하운드를 직접 보진 않았으나 동영상을 통해 본 적이 있다.

온몸이 무기.

팔과 다리가 보도처럼 번쩍번쩍 빛났다.

거기에 머리부터 발끝까지 달린 비늘들은 날카롭게 튀어나와 있었는데 싸움이 벌어지면 그 비늘들이 미친 듯이 솟구친다.

달려오는 헬하운드를 보면서 한정유는 지체 없이 섬전십삼뢰의 제1초 염라(閻羅)를 펼쳤다.

처음부터 전력을 다했다.

기세라는 것은 상대가 굳이 사람이 아니라도 알 수 있는 것.

헬하운드의 거대한 몸통에서 흘러나오는 흉포함은 초고수의 몸에서 관통되어 나오는 기세처럼 절대 약하지 않았다.

그랬기에 한정유는 무극도에 8성의 내공을 담아 가장 약할 거라 판단된 놈의 배 쪽을 공략했다.

8성의 내공을 담자 무극도가 웅웅거리며 울었다.
마치 자신의 힘을 자유롭게 풀어달라는 듯.
던전이 순식간에 한정유가 펼친 칼에 의해 점령당했다.
피할 수도 피할 곳도 없는 막강한 공격이 거침없이 헬하운드의 요혈을 한꺼번에 점유했다.

그러나 헬하운드는 새하얀 검기가 달린 칼이 몸통으로 다가왔음에도 처음부터 피할 생각이 없는 모양이었다.

끼이릭, 끼익, 끽!
마치 칠판을 쇠로 긁는 느낌.
그토록 강력한 공격이었음에도 헬하운드의 비늘에 부딪치자 무극도가 어이없게 튕겨져 나왔다.
그 순간을 이용해서 거목처럼 두꺼운 팔이 날아왔다.
어느새 거리를 좁혀온 헬하운드는 두 다리로 굳건히 선 채 전체가 칼인 양팔을 휘둘러 한정유의 몸통을 휩쓸어왔다.
도대체 저 팔은 무엇으로 만들어졌기에 걸리는 대로 족족 자르는 걸까.

헬하운드의 팔이 닿는 곳마다 지축을 울리는 굉음이 새어 나왔다.
미로를 형성하고 있던 동굴이 놈의 공격에 의해 싹둑싹둑 잘려 나갔는데, 1m씩 뭉텅거리며 파여 나갈 정도였다.

거기다가 사방을 휩쓸며 날아오는 파이어 링.

불꽃의 원반이 강기를 형성하며 폭발적으로 뿜어져 나와 한 곳에 머물지 못하게 만들었다.

차례차례 점점 더 강한 초식을 퍼부으며 헬하운드의 약점을 노렸다.

눈과 목, 그리고 귀, 배까지.

약점이라 판단된 곳은 전부 한 번씩 공격해 봤으나 그때마다 헬하운드의 굉음은 점점 커져갈 뿐이었다.

그렇다 해서 놈이 온전한 것은 아니었다.

섬전십삼뢰에 당한 헬하운드는 강철비늘이 손상되어 신체 여기저기에서 푸른 피가 흘러나왔는데, 어떤 곳은 심각하게 벌어져 있었다.

미친 듯이 현천보를 이용해서 헬하운드의 공격을 피하던 한정유가 날아온 강철비늘의 공격을 피해 뒤로 훌쩍 물러났다.

이제 결정을 해야 할 때였다.

마지막 후삼식으로 승부를 보든지, 아니면 이대로 물러나 다음을 기약하든지.

마음 같아서는 가볼 때까지 가보고 싶었지만 후삼식을 펼치게 되면 진짜 끝장을 봐야 했다.

자신의 현재 내공으로는 후삼식을 펼칠 경우 놈을 처단한다 해도 곧 한계를 드러내게 될 것이다.

한정유는 끝장을 보겠다는 생각을 접었다.

굳이 여기서 모험을 할 이유가 없었다.

저 어둠 너머에 뭐가 있을지 모르나 여기서 돌아가는 것이 맞았다.

아쉽다.

그럼에도 달려드는 헬하운드의 공격을 피한 후 현천보를 이용해 왔던 길로 몸을 날렸다.

쿵, 쿵!

뒤에서 거친 숨을 헐떡거리며 헬하운드가 달려오는 소리가 들려왔다.

놈도 정상인 상태는 아니다.

거의 30분 동안 한정유가 펼쳐낸 강력한 도법에 수도 없이 얻어맞아 만신창이가 된 상태였다.

노란 광채 속으로 뛰어들었다.

다시 정신을 먹먹하게 만들 정도의 빛에 사로잡혔다가 밖으로 튀어나왔을 때 소리를 지르며 달려오는 헌터들의 모습이 보였다.

뭐야, 이건 또.

그가 들어갈 때와 똑같은 광경이 다시 눈앞에 나타났다.
오늘따라 어이없는 일투성이다.

분명 던전 안에서 2시간 가까이 싸웠는데, 입구를 지키던 JK 헌터들은 자신이 금방 들어간 것처럼 좇아오고 있었다.

잠시 의문을 가졌으나 행동은 빨랐다.
헌터들의 추격을 뿌리치고 빠르게 왔던 길을 되돌아 능선 쪽으로 이동했다.

산기슭을 따라 하산하면서 머릿속이 복잡해졌다.
시간이 흐르지 않았어.
던전 안에 있던 괴물들은 무려 현실에 출현했던 것보다 10배나 강했고.

던전 안은 자신이 생각했던 것보다 훨씬 크고 복잡했고, 끝까지 가보지 못했기에 그 끝에 무엇이 있는지 알 수 없었다.

먼저 들어갔던 길드의 마스터들은 그곳에 가봤을까?
궁금했다.
자신의 내공은 아직 임독양맥이 전부 타통되지 않았기에 현재까지 마스터들에 비해 부족한 건 사실이었다.
그렇다 해도 강간혈이 타통된 이상 막상 붙게 된다면 일방적으로 질 거란 생각은 하지 않았다.

강간혈이 관통된 것과 그렇지 않은 것은 엄청난 차이가 있으니까.

의문과 궁금증이 꼬리를 물고 나타났다가 사라졌다.

괴물들이 강해진 이유, 그리고 시간이 흐르지 않은 것. 마스터들이 던전 끝에 가봤을까란 의문 등이 번갈아가며 떠올라 궁금증을 증폭시켰다.

자신은 과학에 대해 깊은 지식이 없고, 던전의 생성 과정과 그동안의 연구에 대해서도 전혀 알지 못했다.

이제 자신의 의문을 확인할 수 있는 방법은 두 가지.

길드가 보유한 던전의 연구 자료를 확인하는 것과 임독양맥을 타통한 후 던전의 끝까지 직접 가보는 것뿐이었다.

* * *

얼굴 전체에서 피가 흘러나왔다.

지동한의 공격에 이철승은 수도 없이 얻어맞았으나 결코 그냥 물러나지 않았기에 점점 얼굴이 알아보지 못할 정도로 엉망이 되었다.

검을 뺄 수는 없었다.

각성자들끼리 시비가 걸렸을 때 먼저 검을 빼는 것은 현대의 법규상 죽어도 정당방위로 처리되기 때문에 무기를 꺼내지 않는 것이 철칙으로 자리 잡은 지 오래되었다.

그럼에도 이철승은 JK의 3급 헌터 지동한에 맞서 선전을 벌였다.

OR의 신입 사원에 불과한 그가 3급 헌터와 맞서 싸우며 거의 20분이 넘도록 사투를 펼칠 수 있었던 것은 그동안 한정유에게 훈련받은 결과였다.

그렇다고 해서 결과가 변하지는 않았다.

이철승은 태극 길드에 시험을 봤다가 떨어졌는데, 만약 합격했다 해도 5급 헌터에 불과했으니 3급 헌터인 지동한과 싸운다는 건 처음부터 자살행위나 다름없었다.

쿠웅.

반격에 몇 차례 얼굴을 허락한 지동한이 입술에서 흘러나오는 피를 핥으며 쓰러진 이철승을 발로 짓밟았다.

미친놈이다.

실력이 부족했음에도 끝없이 덤비는 놈의 행동에 분노가 머리 꼭대기까지 올라와 당장에라도 밟아 죽이고 싶었다.

그때 뒤에서 관전하던 골든헌터 차명석의 입에서 스산한 목소리가 흘러나왔다.

"그만, 그러다 죽이겠다. 그 정도면 됐어."

"알겠습니다."

쓰러진 이철승의 대가리를 발길질로 툭툭 건드리던 지동한이 천천히 몸을 돌렸다.

아직 그의 얼굴에는 분노가 남아 있었는데 차명석만 아니었다면 몇 군데 부러뜨리고 싶어 하는 것 같았다.

뒤에서 관전하던 태풍OR 쪽에서 문규현이 튀어나온 건 지동한이 등을 돌려 자기 자리로 돌아갈 때였다.

"어딜 가, 씨발 놈아. 거기 서. 이번엔 나랑 한판 붙자."

"으… 이 미친 새끼들이."

지동한이 소리 난 쪽을 바라보자 나머지 세 놈이 전부 자신을 바라보며 이를 갈고 있는 게 보였다.

도대체 이 새끼들 전부 뭐야?

문득 떠오르는 의문.

지금까지 OR에서 이런 놈들은 본 적이 없다.

근본적으로 무력에서 차이가 나기 때문에 똑바로 자신을 쳐다보는 놈도 구경하기 힘들었는데, 오늘은 전부 죽으려고 작정한 놈들 같았다.

지동한이 다시 차명석 쪽을 바라봤다.

어쩌면 좋겠냐는 시선.
그러자 차명석의 눈이 싸늘하게 가라앉았다.
동료를 위해 목숨을 걸겠다는 문규현의 모습을 보며 그는 전혀 감동하지 않은 시선이었다.
대신 그의 눈에 차오른 건 경멸과 함부로 자신들에게 대든 것에 대한 모욕감이었다.

"투지가 좋네. 태풍OR 애들이 언제부터 이렇게 변했지? 동한아, 동료를 위해 싸운다잖아. 이왕 시작한 거 쟤들이 만족할 만큼 놀아줘."
"저야, 고맙죠."

차명석의 말에 지동한의 얼굴에서 징그러운 미소가 피어올랐다.
그는 아직 자신의 분노를 전부 해소하지 못했던 모양이다.
등을 돌린 그의 몸이 성큼성큼 문규현을 향해 움직였다.
위압적인 패기.
JK 3급 헌터의 실력은 고스톱을 쳐서 딴 게 아니라는 걸 강철 같은 그의 몸이 직접 보여주고 있었다.

"여기가 놀이터야, 뭘 놀아줘. 별 이상한 새끼들이 다 있네!"

공중에서 음성이 먼저 들렸고 그 뒤를 따라 한정유의 신형이 떨어져 내렸다.

그는 쓰러져 있는 이철승의 몸을 확인하고 스산한 시선을 지동한에게 던졌는데, 칼날같이 매서운 시선이었다.

한정유가 나타나자 분노로 주먹을 쥔 채 부들부들 떨고 있던 서지현이 눈물을 글썽이며 달려왔다.

"팀장님, 저 사람들이 철승 오빠를 저렇게 만들었어요……."

대충 짐작을 하고 있었지만 서지현이 고래고래 소리 지르며 떠들어대자 한정유의 표정이 한층 더 일그러졌다.

서지현은 괴롭힌 애들을 오빠에게 이르는 여자아이처럼 눈물을 마구 흘렸는데, 억울해서 어쩔 줄 모르는 모습이었다.

상황 파악이 전부 되었으니 이제 일을 처리해야 할 때다.

"너희들 뭐냐?"
"이건 또 뭐야!"

지동한이 어느새 태풍OR의 상징인 검은 방탄복으로 갈아입은 한정유를 바라보며 시선을 일그러뜨렸다.

맞은편에서 벌어진 대화 내용을 통해 한정유가 태풍OR의 팀장이란 걸 알았지만, 전혀 동요하지 않은 시선이었다.

"물었잖아. JK 길드원들께서 왜 여기까지 기어와 시비를 벌였

냐고!"

"그건 알아서 뭐 해?"

"그럼 질문을 바꾸지. 쟤를 팬 이유는?"

"건방져서."

"그렇군. 건방지면 일단 패는 거구나. 좋은 거 배웠어."

한정유의 몸이 움직였다.

그런 후 팔짱을 낀 채 당당하게 서서 자신을 향해 시선을 던지고 있던 지동한을 향해 튀어나갔다.

파앙, 팡… 팡, 파앙!

미처 반격할 새도 없이 지동한의 몸뚱이가 3m나 날아가 땅바닥에 처박혔다.

얼마나 충격을 받았는지 쓰러졌다가 일어나는 그의 머리가 좌우로 흔들거렸다.

그런 지동한에게 다가간 한정유가 다시 입을 열었다.

"나도 네가 건방져서 일단 팼는데 이게 그런 거 맞나?"

"비겁한 놈. 준비도 안 한 사람한테 갑자기 공격을 하다니……. 넌 비겁한 새끼다."

"엄살 부리지 말고 일어나 봐. 내공도 안 담은 주먹 몇 대 맞았다고 징징대지 말고."

한정유가 피식 웃으며 한 발 물러서자 지동한이 천천히 바닥에서 일어섰다.

내공이 담기지 않은 주먹.

그런데도 전신이 찢어질 것처럼 아프다.

"제대로 붙자, 이 씨발 놈아!"

"그러자니까."

통증을 완화시키기 위해 내공을 전신으로 돌린 지동한이 자세를 잡았다.

그러고서 한정유를 향해 뛰어들었다.

그의 주무기는 창이었지만 권법에도 능통했는데, 사량팔권을 익혔기에 권으로는 누군가에게 쉽게 져본 적이 없었다.

하지만 그건 그만의 생각이었을 뿐.

제대로 주먹조차 뻗지 못하고 날아온 주먹에 고스란히 얻어맞았다.

분명히 보고 피했는데 상대의 주먹은 상식을 벗어난 각도로 변하며 자신의 전신을 두들겨 팼다.

맞을 때마다 뼈가 부서지는 것 같아 저절로 비명이 흘러나왔다.

이대로라면 정말 죽을 것 같았다.

"그만!"

그동안 자리에 앉아 꼼짝하지 않던 차명석이 일어선 것은 지동한이 벌레처럼 땅바닥을 구를 때였다.

싸늘하게 식은 시선.

그리고 단순히 일어섰을 뿐인데도 공기를 압축시켜 버리는 기세.

일어선 그가 천천히 다가와 앞에 섰다.

그러고서 시선을 보내 한정유의 눈을 노려봤다.

"한정유?"

"나를 알아?"

"알지, 북한산의 영웅이잖아. 스켈레톤을 3마리나 때려잡은."

"당신이 책임자야?"

"이건 폼으로 달고 다니는 거 아니야. 이미 봐놓고 뭘 물어."

"별거 아닌데 그건 볼수록 멋있단 말이야."

슬쩍 자신의 왼쪽 견장을 가리키는 차명석의 시선을 확인한 한정유가 입맛을 다셨다.

찬연하게 빛나는 녹색 별.

JK 1급 헌터, 골든헌터를 상징하는 표식이었다.

"어딜 다녀온 모양이지? 전신이 엉망이네."

"그건 알아서 뭐 해. 어쩔 테냐, 한 번 더 갈래, 아니면 스톱?"

"지금 무전이 들어왔어. 던전에 어떤 미친놈이 들어갔다 나왔다고 하더군. 팔에서 피가 나네. 그 상처, 혹시 너냐?"

빤히 바라보며 차명석이 묻자 한정유가 빙그레 웃었다.

참 빠르다.

무전기가 있으니 벌어진 일이 즉각적으로 알려진다.

방탄복으로 갈아입으면서 대부분의 상처는 가려졌지만 팔에 난 상처는 그대로 방치되어 있었는데, 차명석은 상처를 보자마자 그쪽으로 의심을 가졌다.

잠깐의 망설임.

마제로 살 때는 자신이 한 일에 대해서 누군가에게 아니라고 말한 적이 없다.

하지만 지금은 그렇게 할 수 없다는 게 답답하다.

차명석의 눈에 담긴 의심은 정확하게 아니다.

그저 자신의 몸에 남은 상처를 보고 던진 말이 분명했다.

"던전에도 사람이 들어가는 모양이지? 거긴 아무도 못 들어가게 지키고 있다며?"

"음… 아니라고 듣겠다. 하지만, 의심에서 벗어나려면 알리바이가 필요할 거야."

"쓸데없는 소리 자꾸 하지 말고 여기 일이나 먼저 해결해. 어쩔 거야? 사과하고 갈래, 아니면 한판 붙을래?"

"네 실력을 자신하는구나. 그런데 어쩌지. 비상이 걸렸어, 아까 말한 그 미친놈 때문에. 그래서 여기 일은 잠시 남겨놔야겠다. 갔다 와서 해결하는 게 어때?"

"어떤 이유도 필요 없어. 사과를 하지 못하면 가지 못한다."

"일방적인 시비가 아니었는데 뭘 사과해?"

"건방져서 팼다며?"

"이 새끼 웃긴 놈이네."

귀로 들려오는 급박한 무전 소리를 듣고 있던 차명석의 시선이 싸늘하게 식었다.

손해다.

OR의 떨거지 하나와 길드원이 똑같이 땅바닥에 뻗었으니 가치로 따진다면 자신들 쪽이 훨씬 손해가 났다.

한정유가 스켈레톤을 3마리나 때려잡았지만 그리 높게 평가하지 않았다.

3급 헌터인 지동한을 쉽게 이긴 건 의외였으나 그것마저도 그를 놀라게 만들지는 못했다.

그 정도는 자신 역시 얼마든지 할 수 있는 일이었으니까.

하지만 참으려 했다.

무전기로 들려온 비상 신호도 문제였지만 괜히 여기서 일을 크게 만들어 상부의 질책을 받기도 싫었기 때문이다.

잠깐의 영웅이었음에도 한정유는 언론의 집중을 받았던 인물이다.

한정유의 입이 다시 열린 것은 그가 말을 끝내고 자신의 갑옷 사이에 들어 있는 무전기의 단추를 누를 때였다.

"니 눈깔에는, 내가 웃겨 보여!"

스산하게 새어 나온 음성.
어느샌가 한정유의 표정이 시리도록 차갑게 가라앉았다.

하지만, 그건 차명석의 표정도 마찬가지였다.

"어떤 놈들은 지금의 지위를 망각하고 오만에 젖어 살지. 바로 너처럼. 사실 바쁘다는 핑계는 거짓말이었다. 어차피 싸우면 내가 손해였거든."
"왜?"
"태풍OR의 팀장 놈을 JK길드의 골든헌터가 두들겨 팼다면 세상이 나를 뭐라고 하겠냐. 그것도 언론에서 영웅으로 치켜세웠던 놈을 말이야. 그래서 그냥 가려고 그랬어. 쓰레기 만지면 손이 더러워지니까."

무심하면서 차가운 음성.
그는 한정유가 아예 자신의 상대조차 되지 않을 거라 자신하고 있는 것 같았다.
웃음이 나왔다.
이런 웃음 정말 오랜만에 흘려본다.

"크크크… 안 되겠어. 역시 난 대화로 해결하는 건 체질에 맞지 않아. 처음부터 일단 팼으면 이런 말은 듣지 않았을 텐데. 자, 그럼 주둥이는 그만. 이제부터 주먹으로."

한정유가 움직였다.

그러고서 곧장 차명석의 품속으로 뛰어들며 단천열화권의 제2초식 혼(魂)을 펼쳤다.

적의 숨통을 끊어놓기 전, 적의 대적 의지를 박살 내는 강맹한 권격이 순식간에 차명석의 전신을 노렸다.

상대의 기세가 그만큼 만만치 않았기 때문이다.

예상대로 차명석의 움직임은 눈부실 정도로 빨랐다.

국내 최대 길드에 소속된 골든헌터답게 7개의 주먹을 순식간에 때려 막고 훌쩍 뒤로 물러났던 것이다.

하지만, 한정유는 그가 완벽하게 뒤로 물러나는 걸 허용하지 않았다.

제3초식 추(鎚)의 연환.

순식간에 뻗어 나와 기형적으로 뒤틀린 주먹들이 움직일 방위를 모두 점유한 채 무서운 속도로 차명석을 압박해 들어갔다.

내공을 끌어 올린 차명석이 이를 악물고 투로를 차단하기 위해 미친 듯이 움직였으나 한정유의 주먹은 마치 떨어지지 않는 자석처럼 눈앞으로 다가왔다.

결국, 피하는 것을 포기하고 정면 승부를 선택했다.

내공을 끌어모은 상태에서 한정유의 권에 맞서 여래천수의 정수를 내갈겼다.

여래천수는 그의 사문에서 전해져 내려온 수법으로 웬만한 바위는 단숨에 격파할 정도의 위력이 담겨 있었다.

파악, 파앙, 팡… 팡!

주먹과 수도가 붙었다가 엉켰고, 밀었다가 당기며 정신없이 움직였다.

그러나 그것도 잠깐.

차명석의 손을 뿌리친 한정유의 주먹이 교묘한 각도로 휘어지며 가슴과 배를 동시에 가격하고 빠져나왔다.

구경하고 있던 JK 길드원들이나 태풍OR의 팀원들 눈에는 그들이 붙어 있는 모습만 보였을 뿐이지만, 그 속에서 수없는 공방이 이뤄졌다.

차명석이 휘청거리고 물러나는 순간 한정유의 현천보가 바람처럼 움직이며 그의 신형을 따라잡았다.

연이어 터지는 권격.

차명석이 물러서는 와중에도 단검처럼 변한 손으로 십이수를 펼쳐 반격을 해왔으나 한정유의 주먹은 그 반격을 통째로 삼켜

버린 채 폭풍처럼 전진해 나갔다.

순식간에 터진 단천열과권의 제4초식 광(光)에 전신을 얻어맞은 차명석의 신형이 허깨비처럼 날아가 땅바닥에 처박혔다.

그 모습에 뒤쪽에서 대기하고 있던 JK 길드원들이 몸을 날리려는 순간 한정유의 입에서 벼락같은 고함이 터져 나왔다.

"움직이지 마라. 한 발자국만 더 움직이면 전부 다 죽여 버린다."

길드원들의 행동이 멈췄다.

한정유의 눈에서 쏟아져 나온 시퍼런 안광.

정말 한 발자국만 더 움직여도 전부 죽일 것만 같은 기세에 그들의 신형이 저절로 멈췄다.

길드원들을 제어한 한정유가 일어나기 위해 꿈틀거리는 차명석을 향해 다가갔다.

그런 후 발을 들어 그의 등을 그대로 찍었다.

개구리가 뻗듯 꿈틀거리던 몸이 그대로 축 처졌다.

얼마나 강한 충격이었는지 차명석은 배를 바닥에 댄 채 비명조차 지르지 못했다.

"그러게 사과나 하라니까 왜 말을 안 듣나. 이젠 사과만 가지고 안 되겠어. 나를 쓰레기로 치부한 주둥이를 찢어놔야 직성이 풀릴 것 같거든."

오히려 달려든 것은 길드원들이 아니라 자신들의 팀원들이었다.

싸움이 벌어진 후 차명석이 쓰러졌고, 길드원까지 제압한 한정유가 정말 입을 찢을 것처럼 머리를 치켜들자 팀원들이 비명을 지르며 달려왔다.

"팀장님, 참으세요!"

"아이고, 정말 왜 이러십니까."

"악… 그만요. 제발 그만하세요."

이것들이, 안 놔!

자신을 붙잡는 놈들을 무섭게 노려보다가 서지현의 눈길을 보고 움직임을 멈췄다.

눈물을 뚝뚝 흘리며 사정하는 그녀의 모습은 공포 영화를 본 소녀처럼 자지러져 있었다.

한참 동안 차명석의 멱살을 잡고 있다 천천히 자리에서 일어났다.

그러고서 한쪽에 서 있는 길드원들을 향해 몸을 돌렸다.

"뭐 해, 이 새끼들아. 너희 대가리 데리고 얼른 꺼져!"

* * *

김도철이 JK 길드원들을 대동하고 나타난 것은 차명석이 길드원들의 손에 이끌려 사라진 후 30분 정도 지났을 때였다.

그는 길드원을 멀찍 떨어뜨리고 혼자 다가왔는데 얼굴이 노랗게 변해 있었다.

"야, 이 미친놈아. 네가 제정신이냐?"

"왜?"

"그 새끼는 왜 팼어?"

"건방지다고 우리 애를 패서. 사과도 안 하고, 나보고 쓰레기라 지껄여서."

"도대체 넌… 나도 모르겠다. 길드의 골든헌터를 그렇게 개 패듯 박살 내는 OR팀장이 세상에 어딨냐. 아무리 봐도 넌 이해 불가다."

참 간단한 대답이다.

하지만, 그 간단한 대답으로 모든 상황을 설명했으니 기가 막힌 답변이기도 했다.

주변을 슬쩍 둘러본 김도철이 한심하다는 듯 입맛을 다셨다.

그가 보이는 곳에 앰뷸런스가 와 있는데 엉망으로 변한 이철승이 막 구조대에 의해 옮겨지고 있었다.

"쟤냐?"

"응."

"그래서 골든헌터까지 팼다고?"

"당연히. 그 새끼 주둥이도 마음에 안 들었고."

"네 몸이 다친 건 명석이랑 싸우다가 그렇게 된 거냐. 그 새끼가 칼 뽑았어?"

뒤늦게 한정유의 몸을 살피던 김도철의 눈살이 찌푸려졌다.

한정유의 몸에도 상처가 보였기 때문이다.

"아냐, 이건 던전 안에서 당한 거다. 치명적이지 않지만 보이지 않는 곳에도 상처가 많아."

"쉿, 조용히. 목소리 낮춰."

"왜 모기 소리로 앵앵대고 그래. 듣는 놈도 없는데."

"이 새끼야. 네가 던전에 들어간 것 때문에 지금 난리가 났어. 만약 네가 던전에 들어간 게 알려지면 여럿 죽어나가."

"웃긴 소리. 지들은 들어가고 남들은 못 들어가게 하는 건 꼭 어떤 놈을 닮았군."

"정유야, 어떻게 된 건지 자세하게 말해봐."

차명석 때문에 온 것도 있지만 김도철이 자원해서 이곳에 온 것은 한정유가 던전에 들어간 것 때문이 더 컸다.

그 역시 던전이 너무나 궁금했다.

그랬기에 한정유의 설명을 들은 그의 표정은 심각해지기 시작했는데, 마지막 장면에서는 자신도 모르게 긴장했는지 몸이 움찔거렸다.

"환장하겠네. 도대체……."

"도철아, 사표 썼냐?"

"내일부로 그만둔다고 이미 말해놨다. 재밌을 거라고 꼬시던 놈이 이런 대형 사고를 계속 칠 줄 알았으면 절대 안 냈을 텐데……."

"너희 JK에도 던전 연구소 있지?"

"무슨 소린지 알지만 난 안 돼. 이미 사표 써서 오늘 신분증 반납해야 된다. 그리고 던전에 관한 것은 특급 비밀로 분류되어 있기 때문에 소수의 몇 사람만 열람할 수 있어."

"그것 참……. 방법이 없을까."

"그걸 건드렸다가 발각이 나면 정말 큰일 나. 길드 전체가 아주 작정하고 막는 거니까. 골든헌터 팬 거 정도는 아무것도 아니야. 그래서 너도 조심해야 해. 빨리 옷 갈아입고 알리바이 만들어놔. 곧 조사 들어갈 테니까."

"어떤 새끼가 날 조사해?"

"길드 감찰관들. 아마 금방 나올 거다. 차명석 건은 어차피 길드에서는 문제 삼지 못해. 길드의 골든헌터가 OR의 팀장한테 박살 났다는 걸 대놓고 말하지는 못할 테니까. 벌어진 이유도 그렇고. 그러니까 넌 알리바이나 잘 만들어놔. 정말 잘해놔야 해. 알았어?"

"알았으니 그만 가봐. 저기 서서 째려보는 놈들 얼른 데려가라. 성질나면 또 패는 수가 있으니까."

"미친놈. 아… 이런 미친놈을 믿고 내가 좋은 직장을 때려치우다니."

* * *

작전을 끝내고 쉬는 동안 상처를 치료했다.

표피로 난 상처도 있지만 살이 헤어졌을 정도로 꽤나 큰 상처도 있었기 때문에 온몸을 붕대로 칭칭 싸맸다.

무인의 상처는 회복이 빠르다.

더군다나 그가 익힌 무극심법은 내, 외상 치료에 특별한 효능이 있어 하루만 지나면 웬만한 상처는 대부분 치유가 된다.

김도철이 하도 사정하는 바람에 추적본부에서 그와 차를 마신 것으로 알리바이를 맞춰놨다.

문재성은 스켈레톤을 때려잡은 후 그를 신줏단지 모시듯 아꼈기 때문에 두말없이 고개를 끄덕였다.

한정유가 전화기를 들은 건 오후 4시가 다 되어갈 무렵이었다.

—여보세요?

반대편에서 들려오는 아름다운 목소리.

목소리의 주인공은 바로 김가은이었다.

"저 한정유입니다."

—어머, 웬일이세요. 저한테 전화를 다 주시고?

"잠깐 만났으면 하는데. 괜찮으시면 제가 저녁을 사겠습니다."

—제가 보고 싶어서예요, 아니면 용건이 있어서예요?

"둘 다."

—만족스러운 대답이 아니네요.

"혹시 약속이 있나요?"

—약속은 없어요. 그래도 이렇게 갑자기 전화해서 밥을 먹자고 하니까 조금 당황스러워요. 정유 씨가 나한테 한 짓이 있어서 기분이 별로거든요.

"제가 뭘……."

—이 남자, 무심한 것 좀 봐. 여자가 다쳤는데도 자리 지켜야 한다며 그냥 가놓고서.

"중요한 상처는 치료했죠. 아주 세심하게."

한정유의 말에 김가은의 입이 순간적으로 닫혀졌다.

가슴을 만졌던 그의 손길.

새삼 그 손길이 생각나자 얼굴이 붉어졌기 때문이다.

그들이 만난 곳은 압구정동의 '돌체'라는 이탈리안 레스토랑이었다.

장소는 김가은이 잡았는데 그녀답게 분위기가 아주 고급스러운 가게였다.

먼저 도착한 한정유가 핸드폰을 보면서 시간을 보냈다.

모든 것이 들어 있는 기계.

이 작은 기계 안에 세상이 들어 있다는 건 정말 이해가 되지 않을 정도로 신기한 일이다.

하긴, 이 세계의 어떤 것이 신기하지 않을까.

어느 순간 가게 안이 환하게 변하는 걸 느끼며 한정유가 핸드폰에서 고개를 돌렸다.

사람들의 탄성 소리.

이 여자만 나타나면 사람들은 뭔가 잘못 먹은 사람처럼 탄식을 쏟아낸다.

하얀 투피스.

그녀의 백옥 같은 살결과 어울리는 순백의 투피스다.

피닉스 길드의 여신이라더니, 선녀가 따로 없었다.

"오래 기다렸어요?"

"아닙니다. 온 지 3시간밖에 안 됐습니다."

"하하, 농담이 늘었네요. 발전 속도가 놀라워요."

"가은 씨처럼 아름다운 여자한테만 이런 농담이 나옵니다. 시커먼 남자들 앞에서는 절대 안 나오죠."

"어머, 말솜씨 봐. 꼭 카사노바 같아."

밝은 웃음.

한정유의 농담을 들은 그녀의 얼굴에서 햇살처럼 아름다운 웃음이 마구 피어올랐다.

음식을 시켜 맛있게 먹었다.

그녀가 주문한 대로 스테이크를 따라 시켰는데 비싸서 그런가 입안에서 살살 녹았다.

김가은이 궁금한 표정을 지으며 바라본 것은 그릇이 치워진 후 후식으로 커피가 나왔을 때였다.

"예쁜 제 얼굴 실컷 봤을 테니 이제 용건을 말해봐요. 뭣 때문에 이렇게 급히 저를 보자고 했죠?"

"저한테 오십시오."

"뭐라고요?"

"저한테 오라고 그랬습니다."

뜨거운 시선.

간절히 무언가를 원하는 남자의 시선.

김가은은 한정유의 시선을 받는 순간 온몸이 얼어붙는 것 같은 기분을 느꼈다.

나한테 오라고.

무슨 뜻이야. 지금 자기하고 사귀자는 고백을 하는 거야?

어머, 이 남자 봐. 아주 적극적이네. 그래도 이건 너무 빠르잖아.

우린…….

머릿속으로 오만 가지 상상과 추측이 비행기처럼 날아다녔다.

하지만, 그녀는 정신을 차리고 지그시 한정유를 바라보며 조심스럽게 입을 열었다.

"무슨 뜻이죠?"

"난 김가은 씨를 원합니다. 가은 씨, 나와 같이 일합시다. 곧 태풍OR은 길드로 격상될 겁니다. 난 가은 씨를 스카웃하고 싶은데 가은 씨 생각은 어떠십니까."

하마터면 욕이 나올 뻔했다.

이씨, 그런 소리였어?

그럼 처음부터 그렇게 말했어야지……. 내 심장 떨어질 뻔했던 거 어쩔 거야.

제15장

전초 작업

“그거 말이 안 된다는 거 아시죠?”

“왜 안 됩니까?”

“피닉스에서는 저를 신줏단지 모시듯 아끼고, 그에 맞는 보상을 해줘요. 만약 태풍OR에서 절 스카웃하려면 기둥뿌리가 뽑힐걸요.”

“그렇군요.”

“진짜 이유를 말해봐요. 나를 스카웃하려고 만나자 했던 건 아니죠?”

“눈치가 빠르십니다.”

“뭐예요?”

김가은의 얼굴에서 슬쩍 긴장감이 묻어 나왔다.

너무 순순하게 인정하는 한정유의 얼굴이 너무나 태연했기 때문이다.

"나는 가은 씨를 믿습니다. 나는 가은 씨를 살려준 생명의 은인이니까 저를 곤란하게 만들지 않을 거라 생각해요. 그렇죠?"

"……."

"왜 대답을 안 합니까?"

"혼란스러워서, 뭔가에 자꾸 끌려들어 가는 기분이 들어서요."

이런 표정은 처음 본다.

얼굴에서 전혀 웃음기가 담겨 있지 않은 한정유의 태도는 뭔가 중요한 말을 하고 싶어 하는 것 같았다.

그래서 쉽게 대답하지 못했다.

과연 이 남자가 꺼낼 말이 뭘까?

궁금하다. 하지만 이야기를 듣고 나면 많은 책임이 따를 것 같은 판단이 들었다.

"맞습니다. 이 이야기를 듣고 나면 가은 씨는 상당히 곤란한 일을 하셔야 됩니다. 그리고 듣고 나면 우리는 많은 비밀을 공유하게 되죠."

"안 들을래요."

"내가 가은 씨 생명의 은인이잖아요."

"왜 자꾸 은인 타령을 해요. 언제 목숨을 구해줬다고. 나 혼자서도 충분히 치료할 수 있었다고요. 그거, 너무 티 내는 거 아니에요?"

"그래도 내가 치료한 건 맞잖습니까."

"휴우……. 좋아요. 말해봐요. 대신 저를 곤란하게 만드는 일이라면 빠질 거예요."

"좋습니다. 저도 가은 씨를 곤란하게 만들고 싶지는 않으니까. 하지만 비밀은 지켜주시길. 노출되면 상당히 곤란해지거든요."

"그건 약속하죠."

포기한 듯 김가은이 대답하자 한정유의 입이 스르륵 열렸다.

"난 던전 안에 다녀왔습니다."

"뭐라고요!"

"어제 대전에서 던전이 발생했을 때 들어갔다 왔어요."

"정말이에요?"

그녀는 정말 놀란 것 같았다.

얼굴이 하얗게 변했는데 눈은 한 번도 깜박이지 않고 한정유를 바라봤다.

이제야 비밀을 지켜달라는 말과 꽤 곤란해질 수도 있다는 말이 실감났다.

던전에 들어갔다 온 사람들의 숫자는 손에 꼽힌다.

각 길드에서 많아야 2명 정도 들어갔는데 전부 스페셜 마스터들이었다.

그것도 꽤 오래전에 들어갔다 온 후 최근에는 아예 던전에 근접한 자들이 없었다.

물론 궁금했지만 시간이 지나면서 그 궁금증을 현실의 삶 속에 덮어버렸다.

굳이 알아야 할 이유도 없었고, 지금의 삶이 만족스러웠기 때문이다.

"던전에 들어가는 건 협회의 규정에 위반하는 거예요. 길드협회에서 알게 되면 당신은 물론이고 태풍OR의 존립이 위험질 수 있어요."

"그러니까 비밀을 지켜달라고 한 거 아닙니까."

"도대체 왜 이런 말을 나에게 한 거죠? 설마 당신……."

"지금 길드는 현 상황을 방치하고 있어요. 던전으로 인해 사람들이 위험하다는 걸 충분히 인지하고 있음에도 자신들의 힘을 유지하기 위해 방치하고 있습니다. 던전이 왜 생겼는지, 던전을 근본적으로 없앨 수 있는 방법은 없는지를 던전 연구소에서는 분명히 연구해 왔을 겁니다. 그걸 알아봐 주십시오."

"저보고 스파이가 되란 말인가요?"

"내가 들어가 본 던전은 지옥이었습니다. 괴물들의 능력치는 현실보다 10배는 강했어요. 최근에 던전이 푸른빛으로 변하기 시작했다면서요. 만약 괴물들이 던전의 변화에 따라 그런 능력치로 세상에 튀어나오면 어쩔 겁니까. 아마 수많은 사람들이 죽겠죠. 지금의 길드 능력으로는 절대 막지 못할 만큼 괴물들의 능력치는 무서웠으니까요."
"더 자세히… 말해주세요."

한정유는 던전 안에서 벌어졌던 일들을 그녀에게 상세하게 말해줬다.
자신이 본 구홀부터 헬하운드까지.
그리고 던전의 구조와 어둠 속에서 희미하게 빛나던 미지의 세계에 대해서.

이야기를 들은 그녀의 표정이 시시각각 변했다.
그녀도 어제 긴급으로 날아온 비상 상황에 대해 들었다.
누군가가 던전 안에 들어갔다 나왔는데 협회에서 그자를 추적하기 위해 특별감찰팀이 전부 나섰다는 이야기였다.
그런데 그 당사자가 한정유였다니, 정말 믿기 어려운 일이었다.

한정유의 실력은 자신의 눈으로 봤을 때 골든헌터급 정도다.
어떻게 그런 실력을 지녔는지 알 수 없으나 분명한 것은 그녀도 쉽게 상대할 수 없을 정도로 뛰어난 실력을 지닌 게 틀림없다.
던전 안에 있는 괴물의 능력치가 현실에 나타난 괴물보다 10배나 강하다고.
정말 그렇다면 문제가 심각했다.
더군다나 헬하운드를 직접 상대하기까지 했다잖는가.

“나보고 던전 연구소를 털라는 뜻이네요. 그게 가능하다고 생각해요?”

“가은 씨가 연구소 출입이 가능한 사람이란 걸 알고 있습니다. 그쪽 연구소장과 특별한 관계라고 들었습니다.”

“하아, 그건 또 어떻게 알았어요. 당신 정말 무서운 사람이네요.”

“부탁합니다. 자칫 잘못하면 길드의 욕심 때문에 세상이 멸망할 수도 있어요. 그렇게 되면 안 되잖습니까.”

“그 전에 한 가지 확인할 게 있어요.”

“뭐죠?”

“우리 정보팀이 재밌는 소식을 하나 가져왔어요. JK의 골든헌터 한 명이 병원에 입원했어요. 누군가에게 두들겨 맞아서. 확인해 보니 태풍OR 구역에서 옮겨 왔더군요. 혹시 그거 정유 씨가 한 거예요?”

“그렇습니다.”

“당신… 도대체 얼마나 강한 거죠?”

“아직 무공이 다 회복되지 않았지만 정도일인가 그 노인네 정도는 싸워볼 만할 겁니다. 목숨을 건다면 5할. 물론 내 무공이 전부 회복되면 그런 자들은 상대도 안 될 거요.”

과연 사실일까?

자신 있는 말투, 한정유 같은 사람은 절대 허언을 하지 않는 성격이다.

그렇다면 정말이란 건데, 그렇다면 지금까지 한정유의 실력을 전혀 파악하지 못하고 있었다는 뜻이 된다.

정말 갈수록 양파처럼 신비로운 남자다.

"그래도 마찬가지예요. 내가 정유 씨에게 피닉스를 배신하면서까지 연구 자료를 가져다줄 이유가 없어요. 사람들의 위험을 말했지만 그것 역시 아직 나타나지 않은 일이니까요."

"후회할 때는 늦는 법이죠. 그리고 저는 가은 씨에게 미리 그 이유에 대해서 말했죠. 저한테 오십시오. 우리 같이 태풍 길드를 만들어 세상을 구해봅시다."

"싫어요."

"내가 싫단 말입니까?"

"아니… 그게 아니라. 하여간 이 남자……. 생각 좀 해볼게요."

*　　　　*　　　　*

한정유는 김도철과 함께 사무실로 출근해서 곧장 사장실로 향했다.

미리 길드원을 확보하겠다며 김도철의 스카웃을 알려놓은 상태였기 때문에 남정근은 초조한 기색으로 그들을 기다리고 있었다.

태풍OR 최초의 골든헌터.

물론 그 역시 골든헌터였으나 일선에서 물러난 지 오래였기에 현역인 김도철의 합류는 천군만마를 얻는 것과 다름이 없었다.

"어서 오시오. 기다리고 있었습니다."

"처음 뵙겠습니다. 김도철입니다."

"환영합니다. 그렇게 좋은 직장을 그만두고 우리 태풍OR로 와주셨으니 그저 고마울 따름입니다."

"이놈 때문이죠. 협박에 못 이겨서 억지로 끌려왔습니다."

김도철이 빙그레 웃으며 한정유를 바라봤다.

말은 그렇게 했지만 절대 협박에 못 이겨 온 얼굴이 아니었다.

"우리 회사에 골든헌터가 오신 건 처음이라 어제 본부장들과 오랫동안 처우에 대해 이야기를 나눴습니다. 그 결과 김도철 씨를 길드 추진본부장에 임명하는 것으로 결론을 냈습니다. 물론 당분간이죠. 길드로 올라가면 직책은 그때 다시 이야기하는 걸로 했으면 하는데, 어떻습니까?"

"아니, 사장님, 그런 게 어디 있습니까. 얘가 본부장이면 저보다 2단계나 높잖아요. 이러시면 곤란하죠."

"야, 한 팀장. 넌 우리 태풍OR에서 숨겨둔 비밀 병기잖아. 너무 높은 직책을 가지고 있으면 노출되니까 그런 거지."

"이거 우리 사장님 너무 날로 먹으시네. 만날 비밀 병기 타령이나 하시면서 월급도 쥐꼬리만큼 주시고."

"야, 난 월급도 없다. 그리고 너와 난 동업자잖아. 앞으로 길드 만들어지면 공동 회장 하자면서!"

"그건 그렇죠."

"너 그런데도 자꾸 새로 모신 사람 앞에서 자꾸 헛소리할 거야?"

"좋습니다. 원래 새로 들어온 놈들이 대접받는 거니까 대충 그 정도로 하죠. 인사 끝났으면 나가도 될까요?"

"아니, 온 김에 앉아서 커피나 한 잔 하고 가. 할 말이 많거든."

인터폰을 통해 비서가 커피를 가져오자 남정근이 넉넉한 웃음을 지으며 두 사람을 바라봤다.

이미 보고를 통해서 한정유가 JK의 골든헌터를 박살 냈다는 걸 들었다.

대단한 실력을 가졌다는 걸 이미 알고 있었지만 골든헌터까지 순식간에 박살 낼 정도이니 한정유가 자신의 눈에는 보물로 보일 정도였다.

더군다나 김도철.

김도철에 대한 소문은 귀가 따갑게 들었다.

JK 길드 차기 스페셜 마스터 1순위에 올라 있는 강자 중의 초강자가 바로 그였다.

그야말로 호박이 넝쿨째 굴러 들어온 것과 다름이 없었다.

"한 팀장, 자네가 부탁한 거 알아봤네."

"뭘 말입니까?"

"강북파의 문명국. 그놈 행적을 파악했어."

"호오, 좋군요. 그 쥐새끼 어디에 있습니까?"

"그놈이 내일 카리마 호텔 나이트클럽에 간다고 하더군. 월말

정산 하러. 걔들 쪽 최대 수입원 몇 군데 중 하나가 카리마 호텔이야."

"잘됐군요."

"조심해. 거긴 그놈들 소굴이니까. 사고를 쳐도 적당히 해야 해. 괜히 흑사회 싸움에 가담한 걸로 언론에 알려지면 우리 쪽도 곤란해진다고."

"걱정하지 마십시오. 찍소리도 나오지 않도록 처리하죠."

"이제 골든헌터가 벌써 세 사람이나 되는군. 이러다가 우리 진짜 금방 길드를 신청할 수 있겠어."

"아직 길이 멉니다. 흑사회 이 자식들이 말을 잘 들어야 될 텐데, 전부 강북파처럼 나오면 곤란하거든요."

"난 자넬 믿네. 알아서 하겠지."

이 양반, 천하태평이다.

모든 일은 자신에게 맡겨놓고 아예 관여할 생각조차 하지 않는다.

물론 왜 그러는지 안다.

자신을 철석같이 믿고 있으니 믿고 맡기는 거다.

조금은 얄밉기도 하고 귀엽다는 생각도 들었지만 얼굴 표정에 나타내지는 않았다.

"어쨌든 이 일은 제가 어떡하든 마무리 지을 테니 걱정하지 마십시오. 이야기 다 끝났으면 전 이놈 회사 구경을 시켜주겠습니다."

"허어, 이 사람아. 뭐가 그리 급해."

"할 말이 또 있습니까?"

"히어로전 신청 날짜가 앞으로 일주일 남았네. 그래서 말인데 자네 정말 참가해 볼 생각인가?"

"벌써 그렇게 되었나요. 당연히 해야죠. 사장님이 월급을 쥐꼬리만큼 줘서 상금이 필요합니다. 집을 옮겨야 되거든요."

"그놈의 집 타령."

"그럼 사장님이 옮겨주시든가."

"돈 없어, 자네가 헤엄치고 다니는 동안, 내가 뭐 논 줄 알아. 나도 헌터들을 10명이나 스카웃했다고. 거기에 가진 돈이 다 들어가서 빈털터리야."

"내가 말을 말아야지."

"일단 참가 신청은 해놓을 테니 마음 바뀌면 언제든 말해. 물론 그런 일은 없겠지만."

"사장님은 보너스 안 줍니까?"

"무슨 보너스?"

"제가 히어로전에 나가서 우승하면 회사에서도 뭔가 있어야 되잖아요."

"동업자끼리 왜 이러나. 자네가 우승하면 길드에 올라설 때 엄청 유리해져. 공동 회장께서 돈 타령 자꾸 하면 곤란하지. 길드 설립에 관한 돈은 전부 내가 대고 있는데 자꾸 돈 타령할 건가?"

"관둡시다."

"우승이나 해봐. 태풍OR이 하늘로 붕붕 떠다니게. 정말 그런 일이 있으면 아마 세상이 깜짝 놀랄 거야."

남정근이 빙글빙글거리며 웃었다.

생각만 해도 너무나 즐거운 모양이었다.

길드들이 독점해 온 히어로전의 우승. 정말 OR에서 출전한 한정유가 거기서 우승한다면 진짜 세상이 뒤집어진다.

히어로전의 우승자는 대한민국의 국가대표가 되어 챔피언전에 출전하는 것이었으니 태풍OR은 전 국민의 시선을 단박에 끌어모을 정도의 지명도를 얻게 될 것이다.

* * *

다음 날 저녁.

한정유는 김도철과 함께 강북으로 넘어가 종로에서 저녁을 먹으며 소주잔을 기울였다.

"네가 JK 길드에서 엄청 잘나갔다며. 미리 말하지 그랬냐."

"말하면 달라질 게 있나. 어차피 너한테 끌려왔을 텐데."

"무기는?"

"검."

"언제부터."

"기억을 잃기 전, 너와 처음 만났을 때부터."

"오래되었네."

"응."

"사장님이 그러더군. 그냥 있었다면 JK의 차기 스페셜 마스터로 네가 가장 유력했다고. 그 이야기는 꽤 실력이 좋다는 뜻이겠지?"

"네가 상상한 것보다 훨씬."

"말 나온 김에 물어보자, 내가 그동안 계속 물으려다가 참았어. 네가 먼저 이야기할 때까지 기다리려고 했지만 안 되겠다. 나한테 이렇게 하는 진짜 이유가 뭐냐?"

"방금 말했잖아. 내가 각성한 후 처음으로 만난 놈이 너다. 무슨 뜻인지 몰라?"

빤히 쳐다보는 김도철의 시선을 확인한 한정유의 얼굴에서 천천히 미소가 지어졌다.

그렇구나.

환생 전의 자신은 이놈에게 유일한 친구였어.

그냥 돌아서지 못할 정도로 아주 징글맞은.

"내가 잘해줬던 모양이지?"

"아니, 하지만 언제나 옆에 있어줬지. 지겹도록."

"그게 잘해준 거야. 이제 이유를 아니까 속이 편안해지네."

"고맙다."

"뭐가?"

"각성해 줘서. 난 앞으로 남은 시간 동안 네 뒤치다꺼리할 생각에 눈앞이 깜깜했거든."

"그랬겠다."

"그런데 정말 히어로전에 출전할 생각이냐. 대충 네 실력은 알겠다만 만만치 않을 거다. 거기에 나오는 놈들은 그냥 골든헌터들이 아냐. 네가 차명석을 때려눕혔지만 그땐 무기가 없었잖아."

"그건 나도 없었어."

"인마. 히어로전은 출전자들이 전부 주무기를 사용하기 때문에 어떤 변수가 발생할지 몰라. 그리고 자신의 정체를 드러내지 않은 놈들도 부지기수야."

"괜찮아. 그런데 혹시 내가 네 앞길을 막은 건가?"

"여전히 눈치는 빠르구나."

"기세조차 흘러나오지 않을 정도로 완벽한 갈무리. 그것만 봐도 네 실력이 얼마나 대단한지 알 수 있어. 그런 실력을 가지고 출전하지 않으면 꽤 아쉬울 텐데?"

"직접 싸우는 것도 좋지만 친구 놈 응원하는 것도 재밌을 것 같아. 나는 나중에 기회 되면 출전할 테니까 너부터 해."

"그럼 그래라. 어차피 한 놈밖에 출전할 수 없으니 당연히 내가 먼저 나가야지."

"언제나 뻔뻔해. 볼 때마다 지겨워."

밥을 먹고 근처의 맥줏집으로 가서 5병이나 깐 후 천천히 카리마 호텔로 향했다.

카리마 호텔은 종로에 있는데 국내에서 다섯 손가락에 꼽힐 정도로 대형 호텔이었고 외국인들이 많이 머무는 곳이었다.

하지만, 더욱 유명한 것은 나이트클럽이었다.

다른 곳과 달리 손님들 대부분이 20대부터 30대 초반까지였는데 홍대 앞 클럽과는 다르게 시설이 고급스러워 부유층 자제들이 자주 드나들었다.

한마디로 물이 근본적으로 다르다는 뜻이다.

시계를 흘긋 바라본 한정유가 입맛을 다셨다.

아직도 시간이 남았다.

문명국이 친위대를 이끌고 이곳에 도착하는 건 오후 10시라고 했으니 아직도 40분이나 남았다.

"나는 기다리는 거 잘 못 해. 성격이 급한 편이 아닌데도 기다리는 건 언제나 지겨워."

"어쩔래?"

"뭘, 어째. 들어가야지. 여기 물이 그렇게 좋다며. 들어가서 구경이나 하자."

"잠깐 스톱."

한정유가 길 건너 보이는 카리마 호텔 쪽으로 걸음을 옮기려 하자 김도철이 소릴 질러 그의 걸음을 멈추게 만들었다.

그런 후 천천히 머리부터 발끝까지 훑었다.

"옷이 조금 그렇지만 뭐, 그런 대로 쓸 만하네. 퇴짜는 맞지 않겠어."

"뭔 소리야?"

"여긴 물 관리가 철저해서 어중이떠중이는 받아주지 않아."

"그럼 넌 여기 있어라."

"왜?"

"넌 떠중이잖아."

"그렇긴 하지. 그래도 네가 있으니까 묻어갈 수 있어. 자, 가보자."

길을 건너 호텔 앞에 도착해서 나이트클럽 입구로 향했다.

줄이 길다.

들어가는데 뭔 검사를 하는지 검은 양복을 입은 떡대들이 손님들을 살피며 한 명씩 들여보내고 있었다.

무난한 입장.

어쩌면 당연한 일이다.

한정유와 김도철은 세미 정장을 입었는데 둘의 몸매와 마스크는 퇴짜 맞을 수준이 아니었다.

클럽 안으로 들어가자 경쾌한 음악 소리가 웅웅거리며 귀를 자극했다.

그리고 홀.

수많은 청춘들이 음악에 맞춰 춤을 추고 있었는데, 얼마나 많은지 콩나물 대가리들이 흔들거리는 것처럼 느껴졌다.

재밌는 건 홀만 그런 게 아니라 복도와 2층으로 올라가는 계단, 그리고 심지어 자리에서까지 춤추는 놈들이 많았다.

"물이 좋다고 하더니 끝내주네."

웨이터의 안내를 받아 자리에 앉은 김도철이 만족스러운 웃음을 흘려냈다.

그들과 가까운 곳에서 미니스커트를 입은 미녀 두 명이 교묘한 몸짓으로 몸을 흔들어대고 있었기 때문이다.

"어이, 촌놈. 넌 이런 데 처음이지?"

"뭐가 이렇게 시끄러워. 정신이 하나도 없어."

"하긴, 청춘 시절 백수로 지낸 놈이 이런 델 와봤을 리 없지."

"시비 걸지 마라. 나 지금 한창 기분 좋아지고 있는 중이니까."

김도철이 이죽거리자 한정유가 손가락을 까닥거렸다.

음악으로 진동하는 클럽.

그 속에서도 작은 목소리였지만 두 사람은 서로의 음성을 정확하게 듣고 대화를 주고받았다.

그만큼 두 사람의 내공이 대단하다는 뜻이었다.

웨이터가 다가와 술을 내려놓으며 활짝 웃은 건 두 사람이 플로워에 가득 찬 청춘들을 구경하고 있을 때였다.

"멋진 형님들, 제가 카리마에서 부킹 넘버 1입니다. 최선을 다해 모시겠습니다."

"응, 그래."

"최선을 다해 모시겠습니다!"

웨이터가 다시 한번 구십 도로 절을 하며 두 사람을 방긋방긋 쳐다봤다.

그러자 김도철이 입맛을 다시며 어쩔 수 없이 뒷주머니에서 지갑을 꺼내 들어 만 원짜리 3장을 건네줬다.

"감사합니다. 형님들, 곧 쌈박한 여자들로 준비해 드리겠습니다."

술을 마시면서 그 넓은 클럽을 둘러봤다.

입구에 셋, 복도 쪽에 다섯, 화장실 쪽과 2층을 합해 일곱.

척 봐도 일반 손님들과 다른 사내들이 주요 지점을 장악한 채 포진하고 있는 것이 보였다.

스물스물 기어나오는 기세. 바로 각성자들의 냄새였다.

모두 합해서 12명, 사무실 쪽을 감안하면 얼마나 될지 모른다.

더군다나 오늘은 문명국이 오기 때문에 그 숫자는 더 불어날 것이다.

그럼에도 한정유와 김도철의 표정은 태연했다.

"형님들, 아리따운 누님들 모셔왔습니다."

맥주를 홀짝거리고 있을 때 웨이터가 미니스커트를 입은 여자들을 데리고 왔다.

늘씬한 몸매.

여기가 물은 최고라더니 쉽게 길거리에서 볼 수 있는 여자들이 아니었다.

시큰둥한 표정으로 따라온 여자들의 표정이 바뀐 것은 편하게 앉아 있는 한정유와 김도철을 확인한 후였다.

둘 역시 이런 곳에서 쉽게 볼 수 있는 몽타주는 아니었다.

한정유는 여자들이 나뉘어 앉자 시시콜콜한 이야기로 시간을 보냈다.

화려한 조명빨 속의 여자들은 예뻤다.

그럼에도 김가은이나 윤정혜에 비한다면 네온사인 속의 반딧불만도 못하다.

“김도철, 왔다.”

“봤어.”

문명국의 모습을 확인한 게 아니라 여기저기 서 있던 사내들의 움직임이 달라졌다.

사내들은 자신들이 지키던 위치에서 벗어나 한쪽으로 모여들고 있었는데, 2층 복도 끝이었다.

“아가씨 이름이 희연이라고 했던가. 오늘 만나서 즐거웠어요.”

“어머, 왜요?”

"우리가 급한 볼일이 있어서. 인연이 있으면 다음에 봅시다."

황당해 하는 여자들을 남겨놓고 한정유와 김도철이 일어섰다.

그런 후, 춤추는 사람들로 북적이는 복도를 가로질러 2층으로 올라갔다.

복도 끝으로 다가가자 요소요소를 장악하고 있던 사내들이 그들을 가로막으며 다가왔다.

"여긴 출입 금지 구역입니다. 돌아가세요."

"내가 가는 곳이 출입구야."

빙긋 웃은 김도철이 먼저 나섰다.

처음 보는 실력.

왜 그가 차기 JK 길드의 스페셜 마스터로 지목되었는지 단 한 번의 움직임으로 충분히 알 수 있었다.

앞을 가로막아 왔던 3명의 각성자들이 김도철의 움직임 한 번에 각기 다른 곳을 부여잡고 쓰러졌다.

그렇다고 해서 한정유가 놀고 있었던 것은 아니다.

속전속결.

김도철이 사내들을 쓰러뜨리는 순간, 복도 건너에서 이쪽을 바라보고 있던 놈들에게 번개처럼 몸을 날렸다.

역시 각성자들.

동료들이 쓰러지는 걸 확인한 놈들에게서 숨겨져 있던 무기가 튀어나오며 즉각적인 반격이 쏟아져 나왔다.

한정유가 난간을 짚고 뛰어오르며 칠권을 터뜨렸다.

교묘하게 공간을 장악하고 날아오던 검과 칼들이 튕겨져 나갔고, 곧이어 사내들이 몸이 차에 치인 것처럼 뒤로 주르륵 밀려 나갔다가 뒤늦은 비명 소리와 함께 쓰러져 뒹굴었다.

교환.

김도철의 몸이 한정유를 스치고 빠르게 복도를 가로질러 남아 있던 자들에게 향했다.

눈부신 속도.

방어벽을 형성한 채 문을 가로막고 있던 4명이 약속한 것처럼 뒤로 나가떨어졌다.

김도철은 권법과 각법을 동시에 썼는데 일격일격이 얼마나 강력했던지 타격을 받은 놈들은 쓰러진 채 아예 비명조차 지르지 못했다.

"아주, 좋네."

"뭘, 이 정도 가지고."

한정유가 엄지손가락을 치켜들자 김도철이 어깨를 으쓱였다.

굳게 가로막혀 있는 문을 열어 안으로 들어서자 계단이 나타났다.

아래위로 연결되어 있는데 이곳이 후문으로 들어와 사무실로 올라가는 통로인 모양이었다.

계단을 올라가자 세 놈이 다가오는 두 사람을 보며 이를 드러냈다.

"너희, 뭐야? 여긴 왜 올라왔어!"
"쓰레기들이 많네. 도철아, 해결 좀 해. 난 들어가서 그놈을 잡을 테니까."
"오케이."

굳게 닫혀 있는 문을 걷어차자 문이 우그러들며 통째로 날아갔다.
한정유는 서두르지 않았다.
문이 날아가는 순간 사무실에 있던 일곱 놈이 자리를 박차고 일어났으나, 그는 여유 있게 안으로 들어서서 중앙에 있는 칼자국 쪽으로 걸어갔다.

"문명국, 보고 싶었다. 역시 면상이 뺀질거리게 생겼군. 예상했던 거와 똑같아."
"넌… 누구냐?"
"전혀 감이 안 와? 내가 그 정도밖에 인상을 안 남겼어?"
"먼저 팔, 그리고 다리. 셋 셀 동안 대답을 하면 목숨은 살려주마."

"이것 봐. 그 대사 멋있어. 역시 흑사회 놈들은 말빨 하난 죽여줘."

문명국이 칼을 잡는 걸 보면서 한정유가 유쾌하게 웃었다.

하지만 웃음소리뿐. 그의 눈은 차가워질 대로 차갑게 가라앉아 있었다.

김도철이 들어선 것은 한정유의 웃음이 끝났을 때였다.

"시작 안 했네?"

"인사는 해야지. 먼 길 가는 놈에게 배웅 정도는 해야 되잖아."

"죽일 생각이냐?"

"응."

"병신만 만들면 되지 않을까?"

"내 가족을 건드리겠다고 협박했던 놈이야. 이런 놈은 살려둘 필요 없어."

"그렇다면 네 마음대로 해. 시체는 내가 감쪽같이 처리하지."

팔짱을 낀 김도철이 고개를 끄덕거리자 한정유가 한 발 앞으로 나섰다.

그런 후 문명국을 향해 스산한 음성을 뱉어냈다.

"이젠 대충 내가 누군지 짐작했어?"

"네가 한정유냐?"

"너를 죽일 사람은 나밖에 더 있겠냐. 하긴 나쁜 짓을 많이 했을 테니 원한을 가진 사람들이 많긴 하겠네."

"그런데 왜 김도철이 온 거냐?"

"내 친구니까."

문명국의 얼굴이 굳어질 대로 굳어진 건 김도철을 확인했기 때문인 모양이다.

자식.

이제 보니 꽤나 유명한 놈이었나 봐.

"가족들을 위협했지만 손가락 하나 건드리지 않았다. 그런데도 날 죽이겠다고?"

"응."

"왜?"

"난 후환을 남기는 사람이 아니거든."

"내가 널 두려워서 피했다고 생각하는 것 같은데 그건 오산이야. 그리고 정말 네 가족을 건들 생각도 없었다. 너로 인해 우리 애들 20명이 다쳤어도 모른 채 넘어간 것은 너와의 관계를 더 이상 끌고 싶지 않아서였어. 그러니 이쯤에서 그냥 돌아가는 게 어때?"

"이 새끼, 웃겨. 너는 그걸 설득이라고 하는거냐?"

"흑사회는 각자도생을 하지만 누군가 우릴 건드리면 하나가 된다. 길드가 함부로 우릴 건드리지 않은 것도 그런 이유지. 흑사회 뒤에는 천왕이 있으니까."

"지금 뭐라고 그랬어. 천왕?"

천왕이란 말이 나오자 뒤통수를 망치에 얻어맞은 충격이 올라왔다.

천왕.

언제나 그리워했던 천왕성.

자신이 태어났고 그곳에 있던 사람들과 천하웅패의 꿈을 키우며 살았다.

수많은 전장에서 죽어갔던 혈육들과 친인들.

그들 모두는 천왕성이란 이름 아래 살아갔던 사람들이었다.

한정유가 소리를 버럭 지르자 문명국의 얼굴에서 득의의 미소가 흘러나왔다.

나름대로 약발이 먹혔다고 생각한 모양이었다.

"그렇다, 우리 흑사회의 뒤에는 천왕이 있다. 천왕회는 길드도 함부로 건드리지 못해."

"흑사회 뒤에 천왕이 있어? 그건 처음 듣는 소리네. 아주 흥미진진한 소식이야. 넌 참 운이 좋아. 곧 죽어야 할 놈이 살아날 구멍을 찾았어. 천왕이 어딨는지 말해. 그럼 목숨은 살려주지."

문명국이 칼을 꺼내 들었다.

뽑는 순간부터 예리한 도기가 사무실을 가로지르며 은은하게 뿜어져 나왔다.

망설임이 없는 움직임.

JK의 골든헌터 차명석은 처음부터 무기를 꺼낼 생각조차 없었지만 문명국은 달랐다.
하긴, 어둠에서 살아가는 놈이니까 당연한 일일 수도.
칼을 꺼냈다는 건 사정에 따라 정말 한정유의 목숨을 끊겠다는 뜻이다.

그랬기에 성큼성큼 앞으로 걸어 나가 곧바로 일권을 문명국이 든 칼 쪽으로 깊게 찔러 넣었다.

쐐액!

비슷한 놈들이겠지만 주변에는 7명이나 있었기에 문명국이 날뛰기 시작하면 사무실은 초토화가 된다.
물론 놈들이 다치는 걸 염두에 둔 건 아니다.
단지, 자신의 궁금증을 조금이라도 빨리 풀고 싶었다.
그리웠던 이름, 천왕에 대해서.

그랬기에 곧장 내공을 담아 단천열화권 중 가장 강력한 위력을 지닌 탄(彈)을 펼쳤다.

문명국의 칼이 흔들렸다.
한정유의 공격에 맞서 그는 칠도를 날렸는데 칼에 매달려 있는 도기가 물결처럼 넘실거렸다.

역시 고수다.

이런 도기를 뿜어낼 정도라면 충분히 골든헌터로서의 자격이 있다.

그러나 그가 시전한 칠도는 한정유의 정권과 부딪치는 순간 폭발음을 내면서 단박에 꺼꾸러졌다.

강간혈이 타통되기 전이라면 몰라도, 이젠 문명국 정도는 그의 상대가 되지 못한다.

콰앙!

뭐라고 설명할 수 있을까.

초식의 이름처럼 주먹에서 뿜어져 나온 권기가 삽시간에 칼을 잡아먹고 폭탄처럼 문명국의 육신을 덮쳤다.

단 일 수.

문명국의 신체가 소파 쪽으로 날아가 그대로 처박혔다.

하지만 한정유는 그대로 전진하며 소파 뒤로 처박힌 문명국을 향해 돌진했다.

남들이 봤을 때는 문명국이 탄(彈)에 당한 것처럼 보였겠지만, 위력에 의해 밀어만 냈을 뿐 결정적인 타격을 주지 못했다는 걸 감지했기 때문이다.

예상처럼 소파 뒤로 떨어졌던 문명국의 신형이 돌진해 오는 한정유를 향해 뛰어오르며 공간을 찢어발기듯 연속으로 십이도를 펼쳤다.

더욱 강력한 초식.

이것이 그가 지닌 최후의 절초임이 분명했다.

"귀찮게 만드는군. 그냥 엎어터지면 팔 하나 정도로 끝내려고 했더니."

한정유의 주먹이 여래의 손처럼 모든 방위를 장악했다.

그런 후 주먹이 하나로 모이며 도기의 중심으로 향했다.

단천열화권의 제6초식 환(環)이었다.

콰르륵…….

칼이 부서져 나갔다.

한정유의 주먹에 담겨 있던 푸른 권기가 끝장을 보려는 듯 다가온 문명국의 칼을 가닥가닥 끊어냈는데 칼은 부딪칠 때마다 조각조각 부서져 나갔다.

칼을 부신 주먹이 그대로 진격하며 양쪽 어깨를 직격하자 문명국의 입에서 귀신 울음 같은 비명 소리가 흘러나왔다.

완전히 부서진 그의 양쪽 어깨는 축 처진 채 덜렁거렸다.

무릎을 꿇은 채 고통을 참느라 숨을 헐떡거리는 문명국의 모습은 한 마리 야수를 연상케 했다.

"자, 그럼 이제부터 부드럽고 자상하게 대화를 나눠볼까. 천왕은 어디에 있나?"

*　　　*　　　*

길드협회의 감찰단이 태풍OR에 나타난 것은 대전 던전의 일이 있고 나서 1주일이 흘렀을 때였다.

모든 수사기관이 그렇겠지만 수사의 기본은 사전 조사와 증거 확보가 선행되기 때문에 급하게 움직이는 법이 없다.

특히 던전 침입 사건은 길드로서는 매우 중요한 일이었기에 세밀한 조사와 증거 확보가 선행되었을 것이다.

남정근은 3명의 감찰단이 나타나자 긴장한 표정이 역력했다.

길드의 감찰단은 국민들을 상대하는 정부의 검찰보다 더욱 무서웠다.

검찰은 증거만 가지고 구속 여부를 따지지만, 각성자들을 처단하기 위해 설립된 감찰단은 전부 골든헌터급으로 막상 죄가 드러나는 순간 곧바로 무력을 행사하는 권한을 지녔다.

더군다나 죄가 드러나는 순간 조직까지 책임을 물어 치명상을 주기 때문에 괴수와 관련된 업체들은 감찰단을 사신처럼 여겼다.

"감찰단에서 나오셨다고요. 어쩐 일로……."

"남 사장님, 우리는 던전에 침입한 자를 수사하고 있습니다. 협조해 주십시오."

"뭐라고요!"

남정근의 얼굴이 금방 사색으로 변했다.

도대체 누가?

던전에 들어가는 것은 길드협회가 가장 중요하게 여기는 금기였기 때문에 태풍OR의 누군가가 만약 들어간 게 확인된다면 사업 면허 취소는 물론 자신까지 법적인 책임을 물어야 했다.

감찰단들의 표정은 남정근의 얼굴이 사색으로 변했어도 전혀 흔들리지 않았는데, 날카로운 시선이 금방이라도 벨 것처럼 쏘아져 나왔다.

"여기에 특별지원팀장 한정유라고 있죠?"

"그, 그렇습니다."

"우리는 그 사람을 유력한 용의자로 보고 있습니다. 그래서 수사가 필요한데……. 장소를 제공해 주시면 고맙겠습니다."

"그럴 리가 없습니다. 그 친구는 지원팀장이기 때문에 자리를 비울 수가 없어요. 뭔가 잘못 알고 오신 게 틀림없습니다."

"그건 우리가 판단하면 되고. 우린 여기서 기다릴 테니까 장소가 마련되는 대로 한정유 씨를 불러주십시오."

"음… 알겠습니다."

남정근이 수사실을 마련하도록 지시를 내린다는 핑계로 급히 자리를 빠져나와 한정유를 찾았다.

그는 너무 긴장해서 그런가 목소리가 떨려 나오고 있었다.

"한 팀장 어딨어?"

"지금 이 시간이면 연무장에 있을 겁니다. 사장님, 왜 그러십니까?"

사색으로 변한 남정근의 표정을 보면서 외출했다가 금방 돌아온 정용택이 놀란 눈을 만들었다.

"빨리 찾아와. 아니, 내가 가봐야겠다. 감찰단에서 나왔으니까 정 본부장은 위에 올라가서 시간을 좀 끌고 있어. 명함을 봤더니 감찰관 중에서 제일 독하다는 제1차장 성기영이야. 아무래도 이거 기분이 더러워."

"그 새끼들이 왜 왔다는데요?"

"한정유가 의심을 받고 있어. 던전에 들어간 놈이 있다는데 한정유를 지목했다고!"

"그런 말도 안 되는……."

"빨리 올라가 봐. 난 한 팀장하고 이야기 좀 나누고 올 테니까."

정신없이 남정근이 빠져나가는 걸 지켜본 정용택의 얼굴이 시꺼멓게 죽었다.

그 역시 감찰단의 성기영에 대해서 너무나 잘 알고 있기 때문이었다.

더군다나 온 목적이 던전 침입자를 색출하는 거라면 이야기는 복잡해질 대로 복잡해질 게 틀림없었다.

한정유는 김도철과 함께 연무장에서 팀원들이 훈련하는 장면을 지켜보다 사색으로 변한 남정근이 다가오는 걸 확인하고 자리에서 일어났다.

지금까지 남정근이 뛰는 걸 본 적이 없다.

그만큼 급한 상황이 발생했다는 뜻이다.

"사장님께서 채신머리없이 뛰십니까. 왜 그러세요?"

"야, 한 팀장. 지금 협회에서 감찰단이 나왔어. 네가 던전 침입했다고 의심하더라. 이게 무슨 날벼락이냐?"

"몇 놈이나 나왔습니까?"

"3명. 너 설마……."

남정근이 태연하게 있는 한정유의 모습을 확인하고 긴 신음성을 흘려냈다.

단박에 그의 태도에서 상황을 짐작했던 것이다.

"너 정말 던전에 들어갔던 거야. 왜, 왜 그랬어?"

"궁금해서요. 던전에 뭐가 있는지 숨기는 게 이상하잖아요. 그래서 들어가 봤습니다."

"아이고, 큰일 났네. 이 친구야, 그럼 미리 말이라도 해주지!"

"떠들 일이 아니잖습니까."

"일단 무조건 아니라고 우겨. 만약 그게 들통 나면 우린 길드고 뭐고 싸그리 접어야 해. 아니, 길드는 고사하고 OR 허가도 취소된단 말이야. 걔들이 금방 부를 거니까 준비하고 있어. 너 알리바이는 만들어놨냐?"

"대충… 문 팀장하고 입은 맞춰놨습니다."

"잘했다. 일단 내가 외부에 있는 줄은 총동원해 볼 테니까 넌 무조건 우기고 있어라. 성질난다고 마음대로 하지 마. 이번에는 정말 안 돼. 알겠어?"

"알겠습니다."

한정유가 시큰둥하게 대답하자 남정근의 얼굴이 급하게 김도철에게 향했다.

아무래도 믿기지 않는 모양이었다.

"김 본부장, 자네가 이 친구 단속 좀 잘해줘. 같이 들어가서 인사하고. JK에 있을 때 감찰관들하고 안면은 있지?"

"있습니다. 온 게 누구랍니까?"

"제1차장 성기영."

"작정하고 왔군요. 그 새끼는 저승사자라고 불리는 놈이죠."

"잘 알아?"

"아뇨, 하지만 악명은 익히 듣고 있었습니다."

"걔도 자네 이름은 알겠지?"

“알고 있을 겁니다. 제가 들어가면 함부로 대하진 않을 테니 걱정하지 마십시오.”

“부탁해. 난 후속 조치 좀 하고 올게.”

남정근이 뒤도 안 보고 달려가는 것을 보며 한정유와 김도철이 동시에 입맛을 다셨다.

기어코 예상했던 일이 터졌는데 막상 닥치고 나자 남정근에게 너무나 미안했다.

태풍OR에 청춘을 다 바친 남정근.

그가 이룬 피와 땀, 그리고 청춘이 잘못하면 자신으로 인해 박살 날 수도 있단 사실에 마음이 저절로 무거워졌다.

“하아, 이 새끼들 봐라. 던전에 들어간 게 그리 큰 잘못이야?”

“길드는 자신들의 안위를 위해서라면 무슨 짓이라도 하니까. 던전은 그들의 생명 같은 곳이지. 그래서 던전과 관련된 일이라면 철저하게 방어를 해. 그러길래 들어가지 말라고 내가 통사정했잖아.”

“던전에 들어간 게 잘못이란 거야? 정말 그렇게 생각해?”

“말이 그렇다는 거지.”

“여기서 저놈들을 패면 어떻게 되냐?”

“난리 나겠지. 전 길드의 적이 될 거고, 놈들은 정부를 장악하고 있으니까 어떤 수를 쓰던 널 구속할 거다. 태풍OR은 말할 것도 없고.”

“웃기는군.”

“알리바이는 확실하게 챙겼지?”

"그렇다니까."

쓰다.

무림과 달라서 이 세계는 복잡한 게 한두 가지가 아니다.

관리부장이 미친 듯 달려온 것은 남정근이 연무장을 빠져나간 지 20분 정도 흐른 후였다.

감찰관들이 자신을 부른다는 것이었다.

관리부장의 안내를 받아 2층에 마련된 수사실로 들어가자 3명이 여유 있게 커피를 마시고 있는 게 보였다.

감찰관이란 신분.

그 신분은 상대가 누구든 당당하게 고개를 쳐들고 바라보는 위력을 가졌기 때문인지, 그들은 한정유가 앞장서서 들어오자 여유 있는 웃음을 흘려냈다.

그러나 그 웃음은 뒤따라 들어오는 김도철을 확인하는 순간 금방 사라져 갔다.

"질풍검께서… 여긴 어쩐 일이십니까?"

"저를 아시는 모양이군요."

"그럼요, 천하의 질풍검을 모르는 사람이 어디 있겠습니까. 영광입니다."

"감사합니다. 저도 익히 성 차장님의 명성은 듣고 있었습니다."

"그런데 여긴 어떻게……."

"아직 모르셨던 모양이군요. 저는 며칠 전부터 태풍OR에 적을 두고 있습니다."

김도철의 대답에 3명의 감찰관이 동시에 입을 떡 벌린 채 말을 잇지 못했다.

질풍검 김도철.

차기 JK 스페셜 마스터 1순위에 거론될 정도의 강자.

그런 그가 태풍OR에 적을 뒀다는 말은 정말 믿기 힘든 일이었다.

농담도 아니다.

김도철의 깊게 가라앉은 표정이 사실이라는 걸 강하게 표현하고 있었으니까.

하지만 성기영과 감찰관들의 벌어졌던 입은 금방 다물어졌고 놀랐던 표정 역시 스르륵 사라졌다.

"질풍검께서 태풍OR로 오셨다니 정말 놀라운 일이군요. 그럼 인사는 나중에 다시 나누는 걸로 하시고, 저흰 수사를 해야 하니까 이젠 자리를 비켜주시면 고맙겠습니다."

"오셨다는 말을 듣고 와본 겁니다. 일을 하시는 데 방해가 되어서는 안 되겠죠. 다만, 한 가지만 부탁드려도 되겠습니까?"

"말씀하시죠."

"한 팀장은 제 친굽니다. 어려서부터 같이 자라온. 가급적 예의를 지켜주시면 고맙겠습니다."

"무슨 말인지 알겠습니다."

"그럼……."

김도철이 가볍게 고개를 까닥한 후 돌아섰다.

그 뒷모습을 보면서 성기영의 얼굴에서 희미한 웃음이 떠올랐다.

김도철.

무슨 뜻인지 안다.

하지만 네 명성으로도 이 사건은 그냥 대충 덮을 수 없어.

지금 이 순간부터 한정유는 피의자 신분이고, 우린 놈을 철저하게 망가뜨릴 거니까.

그러나 그건 그의 착각일 뿐.

김도철이 말한 건 그에게 한 것이 아니라 한정유에게 한 것이었다.

다시 돌아온 한정유는 금방이라도 폭발할지 모르는 화약고나 다름없었다.

더군다나 그 실력이 어느 정도인지 자신조차 가늠하지 못할 정도였는데 감찰관들이 모두 골든헌터들이라 해도 한정유가 폭발한다면 막기 어렵다는 판단이 들었다.

그랬기에 나가면서 은유적으로 그 말을 강조했다.

예의를 지키라는 말로 될 수 있으면 참아달라고 부탁했던 것이다.

"한정유 씨?"

"그렇습니다."

"당신의 이력을 보니까 상당히 재밌더군. 아주 흥미로워."

"뭐가 말입니까?"

"실기 점수 만점으로 피닉스 길드 최종면접까지 간 것도 그렇고, 북한산을 빠져나온 스켈레톤을 3마리나 잡은 것도, JK 골든 헌터 차명석을 때려눕힌 것도 신기한 것투성이야. 태풍OR로 있을 사람이 절대 아닌 것 같단 말이지. 그런 능력을 가진 사람은 위치에 맞지 않는 자신의 처지를 비관하거나 가끔 탈선을 해서 사회를 혼란하게 만들어. 그렇지 않나?"

"재밌는 말씀이군요."

"단도직입적으로 묻자, 왜 그랬나?"

빤히 쏘아보는 시선.

그의 시선은 한정유가 던전 침입자로 확신하는 것 같았다.

김도철을 상대할 때와 전혀 다른 태도에 가만히 앉아 있던 한정유가 천천히 어깨를 치켜올렸다.

그런 후 담담한 목소리로 입을 열었다.

"어이, 거기. 왜 다짜고짜 반말이지?"

제16장

천왕의 꿈

갑작스럽게 흘러나온 말에 성기영이 어이없다는 표정을 지었다.

그건 옆에서 지켜보던 2명의 감찰관들도 마찬가지였다.

하지만, 나서는 대신 성기영의 반응을 살폈다.

감찰팀장에게 한 말이다.

조직 사회에서 상사의 일. 특히 이번처럼 어이없는 일에 함부로 나서는 건 결코 바람직한 일이 아니었다.

그럼에도 표정은 일그러졌다.

성기영이 반응을 보이는 순간 즉시 일어날 수 있을 정도로 기세를 풀어놓은 그들의 얼굴에는 불쾌감이 가득 들어 있었다.

그때, 어이없다는 표정으로 잠시 말을 멈췄던 성기영의 얼굴에서 슬며시 웃음이 떠올랐다.

노련하다.

수많은 감찰을 하면서 쌓아온 경험과 경력이 그의 얼굴에서 여유 있는 웃음을 만들어냈다.

"아, 미안합니다. 나도 모르게 그만. 실수는 인정하고 이제 본격적으로 우리 이야기를 나눠볼까요?"

정말 미안해서?

천만의 말씀.

이런 놈은 잘근잘근 씹어 먹어주는 게 그의 특기다.

자백이나 증거를 확보하는 순간 이놈은 죽은 목숨이니, 처음부터 부딪힐 이유가 없었다.

"한정유 씨, 대전 던전이 열렸던 날. 그러니까 4월 19일이군요. 그때의 행적에 대해서 말씀해 주시겠습니까?"

"나는 그날……."

정확한 시간까지 대면서 처음부터 끝까지 말해줬다.

하지만 마지막 던전에 들어갔다 온 시간만큼은 문재성과 함께 있었던 것으로 대신했다.

던전에 들어가서 지낸 시간은 현실에서 없기 때문에 그가 자리를 비운 건 채 1시간도 되지 않았다.

주로 질문은 성기영이 했고 나머지 감찰관들은 진술을 받아 썼는데 나름대로 상세하게 말했음에도 그 빈틈을 끊임없이 파고들었다.

"그러니까, 문재성 팀장과 커피를 마시면서 시간을 보내다가 돌아와 보니까 팀원들과 JK 쪽이 시비가 벌어져 싸웠다는 거죠?"

"그렇습니다."

"문재성 씨와는 한 시간 가까이 이야기를 나눴다고 했는데 무슨 말을 했습니까?"

"회사 이야깁니다."

"어떤?"

"그런 것까지 말해야 됩니까?"

"지금 수사 중이란 걸 잊지 말아주십시오."

"회사의 실적과 직원들에 관한 이야기를 했습니다. 가끔가다 개인사에 관한 것들도."

"쉽게 말해서 쓸데없는 말로 시간을 보내셨다?"

"따분했으니까요. 아시겠지만 OR의 특수지원팀은 괴물이 내려오지 않으면 할 일이 없습니다. 그래서 잠시 추적팀 쪽에 놀러 간 겁니다."

"근무 이탈을 한 거죠. 비상 상황에서 지원 업무가 무척 중요하다는 걸 잊은 모양입니다."

"인정합니다. 그 부분은 사실이니까요."

"아시죠? 우리가 태풍OR 쪽에 당신에 대한 인사 불이익을 줄 수 있다는 거."

"모릅니다. 태풍OR의 일에 감찰단이 관여할 권한이 있다는 건 처음 듣습니다."

"모든 괴수 관련 단체는 길드협회의 통제하에 있습니다. 그렇기 때문에 근무 이탈도 우리가 관여할 수 있습니다."

"그렇다면 감수를 하죠. 어차피 잘못된 건 잘못된 거니까."

"자, 그럼 지금부터 문재성 씨와 어떤 대화를 나눴는지 상세하게 말씀해 주실까요."

집요하다.

감찰하는 게 주 업무라서 그런지 하루 종일 일어날 생각조차 하지 않고 같은 걸 계속 물었는데 속이 다 뒤집힐 지경이었다.

어르고 달랬다.

협회 차원에서 근무 이탈에 대한 처벌을 운운하면서 협박을 했다가 생각보다 던전에 들어갔다 온 것은 별일 아니라며 달래기도 했다.

이미 던전에 들어갔다 온 사람들이 꽤 많다는 말까지 하면서.

속으로 웃었다.

그런 속임수에 넘어갈 정도면 아예 이 자리도 오지 않았을 것이다.

그냥 일어서서 나가고 싶었다.

이런 놈들에게 붙잡혀 취조를 받는다는 건 내가 결코 원하는 일이 아니었다.

그럼에도 참은 건 결국 남정근과 회사 때문이었다.

감찰관들이 하는 일을 너무나 잘 안다.

과거 무림에서도 죄를 지은 놈들을 처단하는 집법당주에게 수사기법을 보고받았기 때문에 범인의 취조가 어떻게 이뤄지는지 속속들이 알고 있었다.

증거가 없다면 결국 어떤 처벌도 할 수 없다는 것이 법질서의 기본이란 것도.

이렇게 꼼꼼히 지겹도록 묻는 것은 결국 문재성을 취조할 때 써먹기 위함일 것이다.

그런 후 조목조목 다른 부분에 대해서 또 같은 말을 반복하게 만들 것이고.

성기영이 의자를 뒤로 물린 것은 한정유가 수사실에 들어온 지 무려 5시간이 지났을 때였다.

"결국 당신은 던전 안에 들어가지 않았다고 주장하는 거죠?"

"그렇습니다."

"원래 범인들은 완강히 버티는 겁니다. 그러다가 증거가 나오면 하나씩 자백하는 순서를 밟죠. 현대사회는 워낙 기술력이 발달해서 웬만한 건 다 나오게 되어 있어요. 자, 그럼 핸드폰을 줘 보시겠어요?"

"핸드폰은 왜 달라고 합니까?"

"당신의 행적이 맞는지 확인해야 되거든요. 위치 추적을 해보면 간단하게 해결되는 일입니다."

"개인 정보가 담긴 핸드폰을 달라니. 그렇게는 못 하겠습니다."

"한정유 씨가 결백하면 주지 못할 이유가 없을 텐데요?"

"죄를 지었다면 그건 당신들이 밝혀낼 일이지, 내가 결백을 밝혀낼 필요는 없는 거 아닙니까. 더군다나 내 핸드폰에는 상당한 비밀들이 많아요. 핸드폰이 노출되었을 때 곤란해질 사람들이 많습니다. 그렇기 때문에 절대 줄 수 없습니다."

"찔리는 게 많은 모양이군요. 그럼 압수수색영장을 발부받아 우리가 직접 떼보죠."

"마음대로."

결국 핸드폰을 주지 않고 수사실에서 벗어났다.

이 모든 건 김도철과 문재성에게서 코치받은 것들이었다.

어차피 던전과 추적팀의 위치는 불과 1㎞밖에 떨어져 있지 않았기 때문에 위치를 추적해 봐야 나올 것이 없었다.

감찰관들도 그런 내용을 잘 알면서 핸드폰을 달라고 했던 건 통화 목록과 위치를 확인해서 주변 사람들을 끌어들이려는 술책이었다.

문재성에게도 미안하다.

그는 아무런 잘못도 없는 상태에서 한정유와 번갈아가며 수사실에 불려 들어갔다.

더 괴로운 건 이자들이 핸드폰의 통화 목록을 확인한 후 가족들은 물론이고 김가은과 윤정혜에게까지 가서 진술을 확보해 왔다는 것이었다.

던전과 전혀 상관없는 사람들까지 끌어들여 한정유를 압박하려는 행동이었다.

참을 만큼 참았다.

벌써 5일째.

능글거리는 웃음으로 자신을 협박했다가 달래는 성기영의 얼굴이 호박처럼 느껴졌다.

이런 호박은 한 대 갈기는 순간 박살이 날 텐데.

"도철아, 난 더 이상 못 참겠다. 호박을 깨야겠어."

"미친놈아, 다 끝나가. 이제 얼마 안 남았어."

"자존심이 상해서 이젠 더 안 돼. 너도 그랬잖아. 지금 이 시대는 법보다 무력이 앞에 있다고."

"그건 누구도 너를 건드리지 못했을 때 그런 거지. 길드가 합쳐지면 정부도 못 막는다. 혼자서 절대 상대할 수 없어!"

"크크크, 그건 나중 일이고. 일단 저 새끼들 호박을 깨지 않으면 잠이 안 올 것 같아."

"사장님은 어쩌고, 태풍OR의 직원들은 어쩔 셈이냐. 너 때문에 회사가 문을 닫으면 수백 명이 실업자가 된다. 꼭 그래야겠어?"

"하아, 김도철. 너 참 말 잘 듣는다. 그러고 보면 우리 사장님 대단해. 널 꼭 내 옆에 붙여둔 걸 보면 보통 똑똑한 사람이 아니야.”

“이제 막바지야. 내가 여기저기 안테나를 세워보니까 동시에 10군데에서 수사실을 차렸더만. 아무리 의심이 가도 증거가 없으면 절대 처벌할 수 없어. 증거가 나오지 않는 한 놈들은 곧 철수할 거야.”

김도철의 말은 맞았다.

다음 날 회사에 출근하자 아침이 되면 자동으로 부르던 수사실로 향했는데 감찰관들이 가방을 싼 채 자신을 기다리고 있었다.

시선이 변했다.

3명의 감찰관들은 성기영을 중심으로 양쪽에 늘어서 들어오는 한정유를 포위하는 형국이었다.

“한정유, 그동안 고생했어. 잘 버티드만. 이런 일을 많이 겪었던 모양이야.”

“다시 말이 짧아졌군.”

“이제야 말하는데 넌 정말 싸가지가 없어. 수사를 하면서 계속 느낀 거지만 넌 천방지축 날뛰는 개새끼다. 대가리 숙여, 씨발 놈아. 네 눈에는 감찰관들이 홍어 좆으로 보여!”

“응. 내 눈에는 그 정도로도 안 보여.”

“후우, 이 미친 새끼를 어떻게 해야 되나. 정 감찰, 우리 시말서 한번 쓰자?”

“팀장님이 원하시면 언제든지 쓸 수 있습니다.”

성기영의 말에 오른쪽에 있던 놈이 한 발 앞으로 나섰다.

자신만 지금까지 열심히 참은 줄 알았더니 놈들도 속이 꽤나 문드러졌던 것 같았다.

하지만, 그의 행동을 막은 것은 성기영이었다.

"넌 구경이나 해. 시말서를 너보고 쓰라는 게 아냐. 이건 감찰단에 대해 불경스러운 자세로 일관한 저놈을 팀장으로서 그냥 두고 가지 않겠다는 뜻이었어. 다시 말해, 내가 오늘 깽값을 물겠다는 뜻이야."

"팀장님이 직접 나설 필요 없습니다. 시말서는 제가 쓰죠. 저런 개새끼 잡는 건 저희들이 해도 됩니다."

참, 가지가지 한다.

수사가 끝났으니까 가기 전에 날 손보겠다는 말을 저리 멋있게 하고 있는 거잖아.

서로 시말서를 쓰겠다면서.

이 새끼들이 정말 잠자는 호랑이의 코털을 양쪽에서 아주 멋있게 뽑아주는군.

"그 새끼들, 참 말 많네. 주둥이질하지 말고 그냥 너희들 전부 덤벼. 각성자들은 비무를 빙자하면 어떤 짓을 해도 괜찮다며. 내가 우리 직원들을 모아서 증거를 만들어줄 테니 시말서 걱정은 하지 마라. 그동안 날 때리고 싶어서 어떻게 참았냐. 감정은 풀고 가야 잠이 잘 온다. 그동안 내가 당해봐서 알아. 나와, 오늘부터 아주 달콤한 잠을 자게 해줄 테니까."

기어코 사고를 쳤다.

하지만 이번 사고는 던전 침입과 전혀 상관없는, 감찰단과의 감정싸움에서 벌어진 일이었으니 회사와는 상관이 없다.

그럼에도 남정근은 좌불안석하지 못했다.

비록 감찰과는 상관없어도 감찰단과 싸운다는 건 어떤 식으로든 보복이 온다는 뜻이었다.

그럼에도 말리지 않았다.

한정유의 눈에서 흘러나오는 분노의 눈빛.

그동안 자신을 위해 끊임없이 참아왔던 한정유의 분노를 너무나 잘 알기 때문이었다.

그래, 어디까지 가는가 보자.

어차피 내 운명은 너한테 맡겼으니까.

이것이 감찰관들을 연무장으로 안내하는 남정근의 생각이었다.

이왕 하는 거라면 화끈하게.

길드의 동급 헌터들이 시비가 붙어 비무를 하는 경우는 많았어도 길드와 OR이 붙는 경우는 지금까지 한 번도 없었다.

이유는 단 하나.

근본부터 상대가 되지 않기 때문에 시비가 벌어지거나 비무

신청을 하는 경우가 아예 없었기 때문이다.

더군다나 이번 상대는 길드협회의 감찰단.

그것도 괴물 관련 단체들에게는 사신으로 통하는 제1차장 성기영이었으니 연무장으로 향하는 태풍OR 직원들의 안색은 시퍼렇게 죽어 있었다.

그들이 느끼는 감정은 오직 하나.

감찰관들이 증거를 잡지 못하자 괜한 시비를 걸어 한정유를 폭행한다는 분노였다.

그랬기에 연무장을 가득 둘러싼 태풍OR 직원들의 얼굴은 흥분으로 인해 붉게 달아올라 있었다.

한정유가 선 곳으로 감찰관 3명이 들어와 나란히 섰는데 두 명은 성기영의 반보 뒤쪽에 위치했다.

결국 나서기로 한 건 성기영이란 뜻이었다.

그 중간으로 남정근이 들어온 것은 마지막 절충안을 찾기 위함 몸부림이었다.

"감찰관님, 여기서 그만두시는 게 어떻습니다. 공식 업무가 끝났다 해도 피의자를 상대로 비무를 한다는 건 현명한 생각이 아닙니다. 협회에서 안다면 결코 좌시하지 않을 겁니다."

"사장님이 협회 쪽에 아는 사람들이 많다는 거 잘 압니다. 감찰 도중 여러 사람들이 전화를 해왔더군요. 하지만, 저는 시말서를 쓸 각오가 되어 있습니다. 감찰 경력 10년 만에 저런 놈은 처음 봅니다. 저런 새끼는 진짜 무서운 게 뭔지 알아야 나중이라도 제대로 살아갈 겁니다."

"성 차장님, 다시 한번……."

"저놈은 스스로 무덤을 팠습니다. 비무를 먼저 신청한 것도 저놈이었으니 이제 나는 협회에 할 말이 생겼습니다. 사장님, 경고 하나 해도 되겠습니까?"

"말씀하십시오."

"오늘 나는 저놈을 병신으로 만들어놓을 겁니다. 이젠 더 이상 이 회사에서 근무하지 못하도록. 그러니 사장님도 저놈에게서 손을 떼세요. 무슨 뜻인지 아시겠죠?"

단칼에 끊었다.

남정근이 협회 쪽에 알리겠다는 암시를 은근히 했으나 한정유를 부셔놓겠다는 그의 생각은 완강했다.

그의 분노가 지금 어떤 상탠지 충분히 알수 있는 말이었다.

하지만, 그 말에 남정근의 참고 참았던 분노가 화산처럼 터져나왔다.

"야, 이 새끼야. 재가 무슨 잘못을 얼마나 졌다고 병신을 만들겠다는 거냐. 이 좆같은 놈들이 보자 보자 하니까 정말 가관이구나. 감찰관이면 넌 선배도 몰라보냐. 어디서 감히 협박을 하고 지랄이야!"

*　　　*　　　*

각성자 특별 관리법.

제1조

각성자들은 길드협회의 통제를 받으며 법적인 문제 발생 시 관련법에 따른 처벌을 받는다.

제5조

각성자 간의 시비는 비무를 통해 해결할 수 있다.

무기 사용은 허락지 않으며 정당한 비무로 발생된 부상은 정당방위로 간주한다.

단, 사망 발생 시 모든 법적책임을 지며 그에 따른 모든 손해배상을 해야 한다.

각성자 특별 관리법이 만들어진 배경에는 당연히 길드가 있다.

막강한 힘을 틀어쥔 길드협회는 정부를 협박해서 법을 만들었는데 각성자들의 통제를 자신들이 좌지우지할 수 있도록 했다.

제5조 비무에 관한 사항은 정부와 길드의 상호 이해가 맞아떨어졌기 때문이다.

인간의 힘을 초월한 각성자는 언제든지 충돌할 가능성이 있었는데, 결국 힘을 가진 자들이 힘을 강화시키기 위해 만들어진 법이었다.

현대 법규 아래서 공공연하게 약자를 지배하겠다는 술책 중의 하나다.

그나마 다행인 것은 무기를 쓰지 못하도록 조치해서 가급적 각성자들의 손실을 최소화하겠다는 얄팍한 술수를 만들었다는 것이다.

하지만, 거기에도 예상치 못한 문제점이 있었다.

바로 애당초 무기를 쓰지 않은 자들.

특히 마법을 쓰는 자들에겐 무기를 쓰지 못하게 만든 법이 아무런 소용없었다.

그 문제 때문에 관련법 개정을 해야 된다는 목소리가 높았으나 아직까지 법은 개정될 기미를 보이지 않았다.

그 특혜를 받은 자들 중의 하나가 바로 성기영이었다.

라이트닝 계열의 마법을 지닌 성기영은 비무에서 한 번도 지지 않았는데 그의 라이트닝 스피어(Lightning Spear)에 적중된 자들은 병신이 되어 정상적인 삶을 살지 못했다.

남정근은 분노에 찬 표정으로 뒤로 물러나며 김도철을 향해 손짓을 했다.

성기영의 태도에 화가 머리끝까지 치밀었음에도 이 상황을 어떡하든 회피하고 싶다는 한가닥 희망 때문이었다.

팔짱을 낀 채 지켜보던 김도철이 한숨을 길게 흘려내며 천천히 걸어 나왔다.

별로 내키지 않았으나 남정근의 얼굴 표정을 보자 도저히 나서지 않을 수가 없었다.

“성 차장님, 꼭 이래야 되겠습니까?”

“이건 내가 먼저 자초한 일이 아닙니다. 질풍검의 친구이기에 최대한 예의를 지키려 했지만, 저자는 감찰단 전체를 모욕했고 나를 모욕했습니다. 더불어 먼저 비무를 제의했으니 나서지 마시오.”

“나는 내 친구가 걱정되어서 하는 말이 아닙니다.”

“무슨 소립니까?”

“저 친구는… 나도 어쩌지 못하는 놈입니다. 물론 믿지 않으시겠지만. 진짜 붙게 되면 성 차장님은 이곳을 걸어 나가지 못하게 될 수도 있습니다.”

“나를 모욕하지 마시오!”

“어쩔 수 없군요. 그럼 몸조심하시길…….”

흉내만 냈다.

남정근이 애타게 바라봤기 때문에 나섰지만 김도철은 처음부터 말릴 생각이 없었던 모양이다.

김도철이 끼어드는 걸 보면서 한정유는 다리를 까닥거리며 기다렸다.

남정근이 손짓하는 것도 봤고 김도철이 입맛을 다시는 것도 봤다.

원래 일이라는 건 할 짓 다 해야 벌어지는 법이니까 참고 기다려 줬다.

이윽고 모든 절차가 끝나자 성기영이 양복을 벗으며 자신의 앞으로 다가오는 게 보였다.

미리 들어서 안다.

놈이 마법을 쓴다고 했지만 전혀 두렵지 않았다.

남정근의 지시에 의해 직원들 몇이 동영상을 촬영하는 게 보였다.

하여간 치밀한 사람이야.

나중에 어떤 일이 발생해도 증거자료를 남겨 해결하려는 걸 보면 조직을 관리할 자격이 충분하다.

"다 끝난 것 같은데 시작할까?"

"개망나니 같은 놈."

"이 새끼, 욕을 입에 달고 사는군. 그런 입으로 감찰하면서 용케 잘 참았다. 난 주둥이질은 약해서 언제나 손해를 봐. 그래서 주먹으로 해결하는 걸 좋아해."

먼저 공격하는 걸 좋아하지 않았다.

무적의 고수로 살아왔던 인생 동안 자존심이 하늘을 찔렀으니 먼저 움직이는 것 자체가 부끄러운 일이라 생각했다.

그러나 그건 전생의 이야기였고, 이 세계는 자신을 언제나 먼저 움직이게 만드는 묘한 분위기를 만들었다.

말을 끝냄과 동시에 현천보가 미끄러지듯이 앞으로 전진했다.
거짓말처럼 분산된 다섯 개의 주먹.
바로 단천열화권 제1초식 격(擊)이었다.

환상처럼 퍼져 나가는 주먹의 분산.
거기에 시작부터 내공을 담았으니 푸른 권기가 빛살처럼 성기영의 전신을 압박하고 날아갔다.

그러나 성기영은 기다리고 있었는지 공격을 피하며 뒤로 훌쩍 물러났다.
그냥 물러난 것이 아니다.
현천보도 빨랐지만 그의 신체 이동 속도는 믿기 어려울 정도의 속도를 자랑했다.
더불어 터지는 라이트닝 스피어(Lightning Spear), 일종의 번개다.

번개가 붉은색을 띠면서 창처럼 날아와 사방을 휩쓸었다.
큰소리칠 만하네. 아주 좋아.
골든헌터도 수준이 다르다더니 성기영은 JK의 차명석과 비교조차 할 수 없을 만큼 강했다.

마주 부딪치며 전진했다.

놈의 번개를 향해 권기를 마주쳐 나갔다.

콰앙, 쾅, 쾅, 콰르릉!

번개와 권기가 부딪치면서 폭탄이 터지는 소리가 끊임없이 울려 나왔다.

단천열화권의 초식들이 불을 뿜어내듯 연환되며 성기영의 번개를 때려잡았다.

그러자 성기영의 움직임이 더욱 빨라졌다.

자신처럼 보법을 펼치는 것이 아니라 순간이동을 하는 것처럼 보였다.

권이 날아가는 순간 성기영의 몸은 사방위 전체 어디로든 빠져나갔는데 마치 허깨비를 보는 것 같았다.

더군다나 라이트닝 스피어와 부딪칠 때마다 온몸에 전류가 흐르는 것처럼 동작이 제어되었다.

하아, 도대체 이놈의 세상에는 얼마나 많은 고수들이 있는 거야!

내공을 더욱 끌어 올렸다.

전류의 감전으로 인해 움직임이 제어되면서 점점 번개의 창이 전신을 압박해 왔기 때문이다.

초식의 연환.

네가 아무리 강해도 나에겐 안 돼.

놀람.

성기영의 얼굴에서 떠오른 놀람은 제어되었던 한정유의 권에서 뿜어져 나오는 권기가 자신의 번개를 무력화시키며 전진해 왔기 때문일 것이다.

거리가 점점 줄어 들었다.

성기영의 이동속도를 현천보가 따라잡으며 방위를 선점했기에 점점 퇴로를 차단하면서 발생한 현상이었다.

그때부터 한정유는 내공을 더 끌어 올렸다.

지금까지 네 실력 잘 구경했어. 구경할 만큼 했으니 지금부터는 패야겠다.

가슴과 얼굴로 동시에 날아온 번개를 추(鎚)로 때려막은 한정유의 주먹에서 빛무리가 생성되더니 곧장 성기영의 가슴팍으로 파고들었다.

4초식 광(光).

놀란 성기영이 급히 후퇴하려 했지만, 4초식 광(光)은 이미 피할 방위를 전부 차단한 상태였다.

단 일격.

그 일격에 그토록 미친놈처럼 날뛰던 성기영이 비틀거리며 휘청거렸다.

따라 들어가며 이번엔 5초식 탄(彈)을 날렸다.

휘청거리며 정신없이 물러나던 성기영이 이를 악물고 반격을 가해왔으나 빛살처럼 날아간 한정유의 주먹이 순식간에 양쪽 팔과 옆구리를 가격하고 빠져나왔다.

내공을 적절하게 조절해서 쓰러지지 않을 정도로만 가격했다.

일부러 그런 거다.

놈이 그냥 뻗어버리면 두들겨 패지 못하니까.

그때부터 팼다.

그동안 감찰하면서 자신을 괴롭혔던 놈을 향한 분노를 고스란히 담아.

내공을 담지 않은 상태에서 정말 개 패듯이 팼다.

JK의 골든헌터 차명석을 때린 것은 성기영에 비하면 아무것도 아니었다.

*　　　*　　　*

사장실에 네 사람이 모여 앉았다.

얼굴이 흑색으로 변한 남정근과 정용택, 그리고 한정유와 김도철이었다.

성기영이 쓰러지는 순간 남정근은 온몸을 날려 미친 듯이 패고 있는 한정유를 말렸다.

그대로 내버려 두면 정말 때려 죽일 것 같았기에 양팔을 벌리고 때릴 거면 나를 때리라고 외쳤다.

그럼에도 한정유는 김도철까지 가세한 후에야 주먹질을 멈췄다.

한마디로 걸레가 되었다.

나머지 두 놈이 부축하다가 결국 업고 나갔는데, 성기영의 얼굴은 알아보지 못할 정도로 엉망진창이 된 상태였다.

"휴우."

땅이 꺼질 듯한 한숨.

남정근과 정용택이 번갈아가며 한숨을 흘려냈다.

비록 정당한 비무였기 때문에 대놓고 뭐라 하지 못하겠지만 막강한 힘을 가진 길드협회 놈들은 갖가지 이유를 대면서 태풍 OR을 압박해 올 것이 틀림없었다.

"사장님 저러다가 벙어리 되시겠다. 대충 할 것이지 그게 뭐냐. 미친놈아."

"내 사전에 대충이란 없어. 사장님, 땅 꺼지겠습니다."
"너만 보면 내 머리가 깨질 것 같아. 넌 하루만 사는 놈 같아."

김도철이 먼저 말했고 뻔뻔한 한정유의 대답에 남정근이 또 한숨을 길게 흘렸다.
그러자, 옆에 있던 정용택이 현실적인 문제를 들고 나왔다.

"사장님, 이 새끼들이 일을 주지 않으면 어쩌죠. 그럼 우린 큰일 나는데요."
"그렇게 안되도록 백방으로 뛰어다녀야지. 쉽진 않겠지만."
"이거 미치겠네요. 속이 다 시원하긴 했는데 막상 눈앞으로 보복이 다가올 걸 생각하니까 걱정됩니다."
"자금 사정으로 봤을 때 2달은 견딜 수 있어. 그동안 해결해 봐야지."

남정근이 허리를 깊숙이 소파에 밀어 넣으며 나자빠졌다.
말은 그렇게 했지만 쉽지 않다는 걸 스스로 느끼고 있었기 때문이었다.
다른 사람도 아니고 길드의 특별감찰관을 팼으니 그가 아무리 협회에 인맥이 있다 해도 쉽게 해결될 일이 아니었다.

그때 한정유가 불쑥 나섰다.

"지금 정당한 비무를 한 것 가지고 협회가 우리 밥줄을 끊는다는 거죠. 은밀하고 치사하게?"

"당연한 거 아니냐."

"그럼 먼저 공개합시다. 정당한 비무였고, 우리 태풍OR은 아무런 잘못이 없다고 터뜨리면 될 거 아닙니까?"

"언론은 전부 개들 편이야. 우리가 아무리 떠들어도 기사로 내지 않을 거야."

"걱정도 팔잡니다. 쉬운 방법이 있는데 뭐하러 어렵게 갑니까. 저한테 맡겨놓으시죠. 제가 알아서 하겠습니다."

*　　　*　　　*

문석대학교 3학년인 윤태용은 친구인 석명석과 강의가 끝난 후 밥을 먹다가 이상한 동영상을 발견하고 급히 손가락을 움직였다.

요즘 젊은이들 사이에 가장 인기 있는 동영상 전문 사이트 드림튜브는 갖가지 동영상의 홍수를 이뤘는데 음악, 스포츠는 물론이고 별의별 것이 다 올라와 있었다.

그중에서 가장 인기 있는 동영상은 뭐니 뭐니 해도 가뭄에 콩 나듯이 올라오는 각성자들의 비무 동영상이었다.

당연히 몰래 찍은 것이라 화질은 좋지 않았지만 워낙 희귀했기에 그런 동영상이 올라오면 조회수가 가뿐하게 수백만을 찍었다.

물론 사람들이 가장 보고 싶어하는 동영상은 길드의 헌터들이 괴물들을 때려잡는 것이었지만, 그것은 길드에서 유료로 제공하기 때문에 함부로 유포하면 법적인 처벌을 받았다.

결국 보고 싶은 놈은 돈 내고 유료 사이트에 접속해서 보라는 건데, 워낙 비싸서 윤태용이나 석명석 같은 대학생들은 엄두조차 못냈다.

윤태용이 소리를 지르자 석명석이 눈을 둥그렇게 만든 후 급히 그의 핸드폰으로 눈을 돌렸다.

"뭔데 그래?"

"제목이, 장난 아니야. 길드의 특별감찰관을 때려눕힌 사나이로 되어 있어."

"에이, 어떤 놈이 장난질한 거구만. 길드 특별감찰관은 골든헌터중에서도 상급들만 가는 곳이잖아. 그런 사람이 미쳤다고 비무를 하겠냐."

"내 말씀이 그 말씀이지."

"분명히 흑사회의 똘마니들 비무 정도 되겠지. 그것도 귀하긴 하지만."

"그런데 이거 왜 안 열리는 거야. 답답하게시리."

"그 옆에 조회수 봐라. 미친 듯이 올라가잖아. 그만큼 접속한 사람들이 많으니까 당연히 안 열리지. 그런데 숫자가 장난 아니네. 이거 정말 진짜 아냐?"

"와아, 궁금해서 미치겠네."

윤태용이 계속해서 새로고침 버튼을 눌렀다.

식탁에 밥이 나와 있었으나 핸드폰에 시선을 고정시킨 두 사람은 아예 밥먹을 생각조차 않고 손가락을 부지런히 눌렀다.

그러던 어느 순간.

실행 사인을 나타내며 원만 뱅뱅 돌던 화면이 밝아졌다.

"됐다. 나온다!"

화면이 나타나며 두 남자가 마주 서 있는 게 보였다.

그동안 봤던 조잡한 화면보다 훨씬 선명했는데, 두 남자의 얼굴을 정확하게 확인할 수 있었다.

그럼에도 정체를 확인할 수 없다.

길드협회의 특별감찰관을 그들이 어떻게 알 수 있단 말인가.

하지만, 싸움이 시작되면서 그들의 머릿속이 하얗게 비어갔다.

얼굴을 몰라도 충분히 알 수 있었다.

이건 진짜다.

두 남자가 펼치는 공방은 그동안 봐왔던 삼류 각성자들과는 근본적으로 비교조차 할 수 없었다.

눈이 팽팽 돌아갔다.

라이트링 스피어와 맞서는 권기의 물결.

골든헌터들은 이런 무력을 보인다고 들었으나 눈으로 보는 건 처음이었기에 윤태용과 석명석은 입을 떡 벌린 채 탄성조차 지르지 못했다.

무서웠다.

일반 사람은 물론이고, 다른 동영상에 나왔던 각성자들도 이런 공격을 받으면 금방 박살이 날 정도의 무시무시한 공격들이 두 사람의 몸에서 미친 듯이 쏟아져 나왔다.

동영상이 끝났다.

그리고 두 사람은 어느새 자신들 곁에 잔뜩 들러붙어 있는 사람들을 뒤늦게 확인했다.

그들은 모두 자신들처럼 입을 떡 벌리고 있었는데 귀신을 본 것처럼 얼굴이 시퍼렇게 죽어 있었다.

"그 사람 맞지?"

"맞아. 분명해."

"우와, 이 사람이 이렇게 강했어? 언론에서는 별거 아닌 것처럼 떠들더니 전혀 다르잖아?"

"고수는 재야에서 튀어나온다더니 딱 맞는 말이잖냐. 이 정도면 탑에 근접하겠는데?"

"당연하지. 스페셜 마스터들과 싸워도 지지 않겠다."

윤태용의 질문에 석명석이 가차 없이 고개를 끄덕였다.
조회수 1,300만을 기록했던 북한산 던전의 영웅.
스켈레톤을 단숨에 때려잡으며 단숨에 국민들의 뇌리에 깊숙한 인상을 심어놓았던 태풍OR의 팀장.
한때 언론을 떠들썩하게 만들어놓았던 사람.

시간이 지나면서 자연스럽게 잊혀갔지만 아직도 사람들의 기억 속에는 한정유의 활약이 고스란히 남아 있었다.
그럼에도 언론의 교묘한 플레이에 의해 자연스럽게 잊혀져 갔다.

사람들을 죽이던 스켈레톤을 처단했음에도 언론이 그의 실력을 길드의 골든헌터들과 비교하며 교묘하게 약화시켰기 때문이다.
눈으로 본 것도 그렇다.

유료 동영상을 본 사람들은 수많은 괴물 속에서 맹렬히 활약하던 골든헌터급들을 많이 봐왔기 때문에 한정유가 스켈레톤과 싸우는 장면을 보면서도 그의 실력을 높게 평가하지 않았다.

그럼에도 동영상이 그렇게 많은 조회수를 기록한 것은 무료라는 것과 사람들의 목숨이 위태로운 상황에서 극적으로 싸웠다는 것 때문이었다.
하지만, 막상 라이트닝 스피어까지 쓴 성기영을 일방적으로 제압하고 나자 사람들의 평가는 단박에 바뀌고 말았다.
무기조차 없이 마법 능력자를 잡았다는 것은 한 손을 묶고 싸웠다는 것과 마찬가지였기 때문이다.

태풍OR 연무장에서 벌어진 비무 동영상은 하루 사이에 오백만을 기록했는데 그 숫자는 끊임없이 오르고 있어 어디까지 올라갈지 알 수 없었다.
인터넷의 포털사이트 최상단에 올라 있을 만큼 화제가 되었기 때문에 동영상의 클릭 숫자는 폭발적으로 증가하고 있었다.

국민들의 관심이 뜨거우면 언론이 움직인다.
언론이 길드에 장악되어 있다 해도 이미 퍼진 동영상의 존재마저 숨길 수 없었고 국민들의 궁금증을 외면하기도 어려웠다.

「비무 동영상. 길드협회 특별감찰단 성기영과 태풍OR의 특수지원팀장 한정유로 확인」

제목은 조금씩 달랐지만 모든 언론이 동시에 비슷한 제목을 터뜨렸다.
그리고 비무가 벌어진 원인과 결과에 대해 상세하게 기사를 내보냈는데 골든헌터를 때려잡은 한정유의 실력을 집중 조명했다.

더불어 그가 태풍OR에 근무하면서의 성과도 다시 한번 언급

되었다.

3마리의 키메라, 2마리의 파이튼, 그리고 3마리의 스켈레톤.

특히 스켈레톤은 100여 명의 사상자를 낼 만큼 긴급한 상황에서 처단했던 내용을 언급하며 '철혈의 디펜서'라 불렀다.

"팀장님, 철혈의 디펜서. 팀장님과 꼭 어울리는 별명이에요."

"시끄럽고, 훈련할 준비나 해. 그동안 감찰 때문에 내가 소홀히 했더니 너희들 요즘 엉망이야."

"절대 아닙니다. 저희들은 팀장님이 안 계셔도 정말 열심히 했습니다."

서지현에 이어 이철승이 나서서 고개를 흔들었다.

팀원들은 전부 한정유를 바라보며 존경의 눈빛을 흘리고 있었는데, 마치 신을 보는 것처럼 영롱했다.

"팀장님은 저희들의 영웅입니다. 골든헌터를 2명이나. 그것도 특별감찰관 성기영은 상급이라고 알려진 자였어요. 그런 자들을 개 패듯 두들겼으니 팀장님은 권신이십니다."

"그럼요, 존경합니다. 팀장님."

"야, 입에 발린 소리 그만해라. 난 얼굴 뜨거워지는 말은 질색이야."

"전 동영상을 어젯밤에 20번이나 계속 돌려 봤어요. 우리 팀장님이 얼마나 대단한 사람인지 뼈저리게 새기기 위해서."

"난 30번."

"정말입니다. 하늘을 두고 맹세합니다. 저희들은 팀장님이 시키는 대로 무조건 따라 할 겁니다. 골든헌터조차 상대가 안 되는 팀장님의 말씀을 어찌 저희들이 거역할 수 있겠습니까."

아직도 붓기가 덜 빠진 이철승이 바보처럼 웃으며 팀원들을 대표해 떠들었다.

그러자 팀원들이 뒤에서 열심히 고개를 끄덕이며 긍정의 신호를 보냈다.

놈들은 그냥 두면 절이라도 할 기세였다.

"알았으니까 그만 떠들고 훈련 시작해. 너희들도 알겠지만 맞지 않는 방법은 오직 하나. 실력을 키우는 것뿐이다. 나를 믿고 따라온다면 진짜 고수로 만들어주마."

* * *

이번에는 몇몇 언론사와 인터뷰를 했다.

고의적으로 동영상을 흘린 것은 이런 기회를 잡기 위함이었다.

"그분과 비무를 하게 된 것은 단순히 감정싸움 때문이었습니다. 저는 이것으로 인해 저희 태풍OR에 피해가 없기를 바랍니다."

정중하고도 완곡한 표현.

평상시의 그와는 전혀 어울리지 않은 것이었지만, 한정유는 기자들을 향해 자신이 원한 바를 정확하게 말했다.

알아서 떠들어준 것은 기자들이었다.

자신의 한마디에 기자들은 오히려 한발 앞서 나가며 정당한 비무 때문에 태풍OR이 피해 본다는 건 말도 안 된다고 떠들어 줬기 때문에 마음이 흡족했다.

이번 건은 제법 컸기 때문에 수많은 기자들이 찾아왔으나 그 시간은 그리 오래가지 않았다.

또다시 던전이 열렸고 청주 쪽에서 스켈레톤이 방어선을 뚫어 도시로 나왔기 때문에 모든 시선이 그쪽으로 쏠렸다.

감찰에 시달리고 언론을 상대하느라 시간이 어떻게 지나갔는지 알 수 없을 정도였다.

무엇이든 머리를 복잡하게 만드는 놈이 있으면 시간은 정말 잘도 간다.

"정유야, 이제 대충 다 끝났으니까 오랜만에 한잔할까?"

"아니, 오늘은 일이 있어."

"데이트 있냐?"

"오늘 부모님과 쇼핑하기로 했다. 아침에 나오다 보니까 두 분 옷이 엉망이더라. 아들이 되어 그동안 옷 한 벌 사드리지 못했어."

"효자 났구만."
"오늘은 너도 일찍 들어가서 오랜만에 가족들과 외식이라도 해."
"내 일은 내가 알아서 할 테니 넌 가서 효도나 해."

김도철의 배웅을 맞으며 집으로 향했다.
사실이다.
아버지와 어머니의 옷을 보는 순간 슬그머니 스스로에게 화가 솟구쳤다.
자신의 월급이 꽤 많았고 빚까지 모두 청산했기에 살 만했음에도 두 분은 헛된 곳에 돈을 쓰려 하지 않으셨다.
낡은 티와 셔츠, 그리고 치마.
그동안 정신없이 살다 보니 가족들을 등한시하며 살았다.
앞으로는 그렇게 살지 않겠다고 다짐했지만 자신은 여전히 불효자의 틀에서 벗어나지 못하고 있었다.

두 분을 모시고 근사한 고깃집에서 외식을 한 후 백화점으로 향했다.
부모님은 외식하는 걸로만 알았기 때문인지 한정유가 택시를 잡아타고 백화점으로 향하자 놀라는 표정을 지었다.

"정유야, 백화점엔 왜 가?"
"살 게 있어서요."
"뭘 사는데. 백화점은 비싸잖아. 살 거 있으면 엄마한테 말해.

엄마가 사다 놓을게."

"꼭 백화점에서 사야 되는 겁니다. 나온 김에 사려는 거니까 같이 갔다 들어가요."

아마 백화점은 일 년이 되도록 거의 가본 적이 없을 것이다.

부모님의 삶은 백화점과 전혀 상관없는 것이었으니까.

부모님은 대한민국을 발칵 뒤집어놓은 자신의 싸움을 보고도 아무런 말씀조차 하지 않으셨다.

자식이 싸운다는 것.

그것이 어떤 이유든 부모는 언제나 가슴 졸이며 바라본다는 걸 너무나 잘 안다.

백화점에 들어가 미리 알아놓은 7층으로 향했다.

7층은 중년 여성복 코너가 있어 어머니의 옷을 사기에 적당한 곳이었다.

"옷이 참 예쁜 게 많네요. 한번 골라보세요."

"정유야, 빨리 일 보고 가자. 엄마는 이런 옷하고 안 어울려."

"이거 입어보세요."

곱디고운 블라우스.

예쁜 꽃문양이 아로새겨진 옷을 들어 대주자 어머니가 질색을 하면서 뒤로 물러섰다.

그러나 한정유는 내밀었던 손을 거둬들이지 않았다.

어머니, 당신에게 맞지 않은 옷은 세상 어디에도 없습니다.
당신은 이 세상 어떤 여자보다 아름다우시니까요.

한정유가 손을 거둬들이지 않자 정영숙의 얼굴이 붉게 달아올랐다.

마침 점원이 다가와 호들갑을 떨었기 때문이다.

"어머, 정말 사모님과 잘 어울리는 옷이에요. 아드님이 선택 잘하셨네요."

"이거… 얼마예요?"

"25만 원이요."

떠듬거리며 묻는 얼굴을 본 점원의 표정이 슬쩍 변했다.

낡아빠진 면티를 입은 정영숙의 얼굴을 보는 순간 살 것 같지 않을 거란 판단이 들었기 때문이다.

서당 개 삼 년이면 풍월을 읊는다고 했으니 벌써 5년 경력인 그녀는 이런 경우 거의 물건을 팔지 못한다는 걸 알고 있었다.

그때 옆에 서 있던 한정유가 슬쩍 나섰다.

"입어봐도 됩니까?"

"그럼요. 어, 손님 혹시… 그, 철혈의 디펜서!"

그녀의 표정이 귀신을 본 것처럼 변했다.

물건 파는 것에 정신이 팔려 있던 그녀는 뒤늦게 한정유의 얼굴을 확인하고 얼굴이 노랗게 변했다.

그녀의 짐작을 확인시켜 준 물건.

한정유의 등에 매달려 있는 무극도를 확인한 순간 그녀는 드디어 비명까지 질러댔다.

그녀의 비명에 사람들이 몰려들기 시작했다.

웅성대는 사람들의 목소리에 담겨 있는 감탄과 탄식.

당당하게 서 있는 한정유의 모습을 바라보는 사람들의 시선은 부러움과 존경의 시선이 잔뜩 담겨 있었다.

그냥 선 채로 어머니에게 다른 옷들을 계속 가져다 댔다.

부모님은 어쩔 줄 몰라 했으나 모른 체했다.

제가 당신들의 아들입니다.

이제 저는 사람들이 알아볼 만큼 괜찮은 아들이 되었어요.

하지만, 이건 시작에 불과합니다.

당신들이 마음껏 자랑할 수 있는 아들이 될 겁니다. 세상에서 가장 멋지고 훌륭한 아들이 될 테니 조금만 더 기다려 주십시오.

* * *

강남을 틀어쥐고 있는 일도회는 7대 흑사회 중에서도 가장 큰 규모로 알려진 조직이었다.

회장은 이만성으로 15년 전 불현듯 나타나 자신들의 수족들과 함께 그때까지 강남일대를 주름잡던 오상사파를 박살 내고 흑사회의 시초가 되었다.

근거지는 대일빌딩.

무려 30층에 달했는데 강남역 사거리에 위치하고 있어 노른자 중의 노른자였다.

그곳에 한정유와 김도철이 들어선 것은 점심시간이 훌쩍 지난 오후 2시경이었다.

천천히 걸어 프런트에 들어선 순간 10여 명의 사내들로부터 경계의 시선이 다가왔다.

검은 양복을 입고 있었는데 시선에서 나타나는 기세가 날카로운 자들이었다.

"뭘 그렇게 많이 가지고 있어서 로비부터 애들을 풀어놓은 거야?"

"회장이 있는 시간이잖아. 기세가 좋네. 꽤 하겠어."

김도철이 어깨를 으쓱하자 한정유가 성큼성큼 걸어 프런트에 있는 직원에게 다가갔다.

프런트에는 2명의 아리따운 여직원과 매니저란 명함을 박은 30대 중반의 사내가 있었는데, 한정유가 다가가자 밝은 웃음을 보내왔다.

"어떻게 오셨습니까?"

"걸어서."

"여긴 농담이나 하는 곳이 아닙니다만."

단 한 마디에 매니저의 웃음이 사라졌다.

그러나 한정유는 여전히 태연한 표정으로 매니저를 향해 입을 열었다.

"농담 한 마디에 그렇게 정색하면 안 되지."

"다시 한번 묻겠습니다. 어떻게 왔습니까?"

"회장을 보러."

"용무를 말씀하시면 회장님께 전달하겠습니다. 신분을 먼저 말씀해 주십시오."

다시 한번 표정이 변했다.

매니저는 여전히 정중했는데 회장을 만나겠다는 한정유의 태연한 표정을 확인한 후 더욱 그 표정이 진해졌다.

"복잡하네. 알잖아. 내 이름이 한정유라는 거."

"용무는?"

"천왕의 주인이 왔다면 만나겠다고 할 거야."

전혀 알아듣지 못하는 대답.

그럼에도 매니저는 한정유를 쏘아보며 천천히 전화기를 들었다.

그 순간 이쪽을 쏘아보던 10명의 사내들이 근접거리까지 움직였지만 더 이상 가까이 다가오지 않았다.

하지만, 곧 상황이 확인되면 움직일 것이다.

만약 자신의 추측과 바람이 다르다면.

매니저의 통화는 그리 오래 걸리지 않았다.

그는 의외라는 듯 다가온 사내들을 눈짓으로 돌려보낸 후 한정유를 향해 노란색 키를 건네주었다.

"만나시겠답니다. 회장실은 28층으로 제일 마지막 엘리베이터를 타시면 됩니다. 그 키를 좌측 패드에 대야 작동하니까 주의해 주십시오."

깍듯한 인사.

그런 매니저에게 손을 흔들어준 한정유가 여유 있게 걸어 엘리베이터로 향했다.

그 뒤를 김도철이 흥미로운 표정을 지은 채 따랐다.

제17장

그리움

28층에 도착하자 마중하듯 3명의 사내들이 기다리는 게 보였다.

그들은 특별 지시를 받았는지 한정유 일행을 앞뒤로 호위한 채 걸어나갔는데, 조금이라도 이상한 짓을 하면 즉시 공격할 태세였다.

휘황찬란하고 위압적인 문.

회장실이란 명패가 금빛으로 빛나는 문을 통해 안으로 들어서자 4명의 인물이 보였다.

상석에 앉은 자는 40대 중반으로 보였는데 한눈에 봐도 그가 일도회의 수장 이만성으로 여겨졌다.

손님이 왔어도 일어나지 않는다.

그 앞에 앉아 있는 사내들도 마찬가지였는데, 처음부터 일어날 생각이 없는 것 같았다.

무형의 기세.

앉아 있는 자들에게서 스물스물 피어나는 기세는 더없이 무거웠고 차가웠다.

"네가 천왕의 주인이라고 했나?"

"손님이 왔으면 일단 앉으라고 해야 되는 거 아닌가. 세워놓고 묻는 건 실례지."

"오늘… 너는 지옥에 온 건지도 모른다. 그건 아는지 모르겠군."

"이봐, 이만성. 나는 지옥에 온 게 아니라 집을 찾아온 거야. 이곳이 천왕으로 가는 입구라는 말을 들었다. 그러니 안내나 해."

"크크크, 별 쥐새끼가!"

앞에 있던 자들 중 하나가 천천히 자리에서 일어났다.

그들은 자신이 들어서는 순간부터 정체를 알고 있는 것 같았다.

하긴 동영상과 텔레비전을 통해 여러 번 노출되었으니 오히려 모르는 게 이상하다.

골든헌터까지 꺾은 자신의 무력을 보고도 당당하게 일어선다는 것은 사내의 무력이 절대 만만하지 않다는 뜻이다.

하지만, 그의 행동은 이만성의 손짓에 무산되었다.

"너를 어떻게 처리할지는 일단 내 궁금증을 먼저 해결한 다음에 결정하겠다. 한정유, 네가 천왕의 주인이란 게 무슨 말이냐?"

"천왕성이 내 집이었다."

천왕성이란 단어가 튀어나오자 이만성의 얼굴이 굳어질 대로 굳어졌다.

그걸 본 한정유의 얼굴에서 하얀 웃음이 흘러나왔다.

알아본다.

천왕성이란 이름을 안다는 것은 이들이 그와 관련 있다는 뜻이다.

이름 하나만 가지고 무조건 쳐들어왔다.

사실이 아니라도 상관없다.

만약 천왕성과 관련이 없다면 실력으로 때려잡아 길드에 억지로 가입시킬 생각이었다.

"역시 내 추측이 맞은 모양이군. 천왕이란 이름은 그리 쉬운 단어가 아니거든."

"너는… 누구냐?"

"천왕성 17대 주인. 마제 혁련도!"

"어디서 감히……."

이만성이 일어섰다.

마치 웅크리고 있던 산악이 일어서는 것 같았다.

그리고 천천히 한정유의 전면을 향해 다가왔다.

"감히 마제를 사칭하다니, 이로써 너는 죽을 이유가 충분하다. 그분의 이름을 함부로 올렸으니 내가 직접 너의 목을 치겠다."

"일운기, 넌 현천가의 후예로구나."

"헉!"

이만성의 입에서 경악성이 흘러나왔다.

자신의 손에 담긴 붉은 기운.

한정유의 말대로 자신의 가문, 현천가의 독문내공이었기 때문이다.

"현천가는 천왕성을 떠받드는 열 개의 가문 중 하나지. 그 누구보다 충성스러웠고 용맹했던."

"으……."

"신분을 밝혀라. 너는 현천가의 누구냐?"

"먼저 당신이 마제라는 증거를 보여주시오."

"이걸 알아본다면 너는 현천가의 직계일 것이다. 봐라, 이것이 천왕의 상징이니."

한정유가 천천히 등 뒤에 매달고 있던 무극도를 꺼내 들었다.

그런 후 공간을 향해 천천히 선을 그었다.

그러자 그의 칼을 통해 흐릿한 용의 형상이 빠져나와 회장 집무실을 노닐기 시작했다.

그 용의 유영을 바라본 이만성의 얼굴이 단박에 죽었다.

하긴, 그건 지금까지 앉아서 상황을 지켜보던 사내들과 김도철도 마찬가지였다.

선명하지 않다.

임독양맥이 타통되지 않았기에 섬전십삼뢰의 마지막 초식 천붕을 펼쳤음에도 용의 형상이 완전하지 못했다.

그럼에도 이만성의 신형이 스르륵 내려앉으며 한정유를 향해 고개를 박았다.

"현천가의 선우충이 마제를 뵈옵니다. 마제의 현신을 알현했으니 이제 죽어도 여한이 없습니다."

"그렇다면 선우문과는 어찌 되나?"

"그분은 현천가의 십칠대 선조시옵니다."

가만히 오체투지를 하고 있는 선우충, 아니, 지금은 이만성이란 이름을 지닌 남자를 바라보았다.

두려움과 존경이 가득 담긴 모습.

그 모습에 과거의 영광이, 무림을 질주하던 찬란했던 역사가 저절로 떠올랐다.

"현재 천왕을 이끄는 자는 누군가?"

"천왕십가의 제1강, 정천가의 문호량이십니다."

"문호량이라고, 호량이가 여기에 있어!"

"그분을 아시는지……."

"알지, 당연히……. 그놈을 내가 어찌 잊을 수 있을까."

문호량이란 이름이 나오자 한정유의 눈가가 부르르 떨렸다.

자신과 함께 무림을 질주하며 천하를 통일했던 정천가의 문호량. 그리고 언제나 함께하면 즐거웠던 친구.

그 인간이 환생해서 이곳에 있다니.

후우, 후우.

터질 듯한 기쁨, 그리고 자신도 모르게 차오르는 눈물.

문호량이란 이름을 듣자 이 세상이, 지금의 상황이 아무것도 아닌 것처럼 느껴졌다.

놈과 함께라면 아무것도 두렵지 않았다.

"문호량은 어디에 있나?"

"지금 미국에 가셨습니다. 일주일 후에 돌아오실 겁니다."

"그렇구나."

"당장 돌아오라고 할까요?"

"무슨 일로 간 거냐?"

"사업차 중요한 일이 있다고 들었습니다."

"그렇다면 내버려 둬. 오랜 친구와의 해후를 기다리는 것 또한 더할 나위 없는 기쁨이지 않겠나."

"그리하겠습니다."

"그놈이 돌아오면 나를 찾아오라고 해. 기다리고 있을 테니."

빌딩을 빠져나온 김도철의 표정은 잔뜩 굳어져 있었다.

친구인 한정유는 자신의 뿌리를 찾은 것 같았다.

환생한 후 그는 자신의 뿌리를 찾지 않았다.

어차피 그는 뿌리라고 부를 만한 것도 없었다.

스승은 일인전승의 문파, 흑천부(黑天府)를 이끌었고 자신은 스승을 이어 장문인의 자리에 올라 천하를 주유했다.

무림에 있을 때 그의 명호는 무정마검이었다.

한 자루 장검을 들면 적수를 찾아볼 수 없는 절대고수였고 정사대전이 발발했을 때 정파의 중추로 활약하며 수없이 많은 적을 처단했다.

일인전승의 문파였으니 당연히 뿌리가 없었고, 이 세계의 룰에 따라 스스로의 정체를 밝힌 적도 없다.

하지만, 그도 알고 있었다.

무림은 무림대로, 마법을 익힌 자들은 그들대로 자신들의 뿌리를 찾기 위해 안간힘을 쓴다는 걸.

은밀하게 움직이는 힘들의 존재.

세상에 노출되지 않았지만 이 세계는 연에 따라 수많은 줄기가 형성되며 새로운 세상을 꿈꾸는 자들로 가득했다.

천왕성이라.

처음 들어보는 이름이었다.

그가 활약할 때는 전혀 노출되지 않았고 마제라는 이름 역시 마찬가지였다.

마제. 꽤 근사한 명호.

명호에 '제'가 따라붙는다는 건 무림인들이 인정한 절대강자들만 얻을 수 있는 것이었으니 한정유의 정체는 분명 대단했을 것이다.

"미안해."

"뭐가?"

"미리 말해주지 못해서. 나도 확신하지 못했거든."

"그럴 수도 있지. 그리고 그런 건 말하지 않는 거라고 했잖아."

"알아, 그래도 미안해."

"그 새끼, 가끔가다 감성적이란 말이야."

김도철이 풀썩 웃었다.

자신을 바라보며 입꼬리를 올리는 한정유의 얼굴에서 진정한 미안함을 읽었다.

괜찮아, 우리는 친구잖아.

"그래도 찾은 것 같아 다행이다."

"응."

"아까 문호랑이란 이름이 나왔을 때 무척 흥분하던데, 누구냐?"

"내 친구. 서로에게 목숨을 맡긴 채 싸우던."

"휴우, 그래서 그렇게 좋아했군."

"너와도 괜찮을 거야. 그놈이 나와 비슷하니까."

"그럼 아니지. 너 하나 가지고도 골이 다 흔들리는데 그런 놈이 하나 더 나오면 난 아마 죽을지도 몰라."

"크큭, 그렇기도 하겠다."

"그럼 이제 길드 작업은 순조롭게 진행되겠네."

"일단 그놈을 만나봐야지. 원래 세상일이란 게 뜻하는 대로 되는 건 아니잖아."

"철들었구나, 우리 정유."

"이 자식아. 너 아까 걔들이 나한테 껌뻑 죽는 걸 보면서도 그런 말이 나와. 나는 철들 필요가 없었던 사람이야. 내 마음대로 살아왔으니까."

"장하다."

"오늘은 기분도 좋으니 내가 술 산다. 가자."

"어디로?"

"분위기 좋은 맥줏집. 만날 사람이 있어, 아주 예쁜."

"시험에서 만났다던?"

"아니, 다른 여자."

"너 도대체 여자가 몇 명이냐?"

"그냥 아는 여자들이야."

"그게 그 말씀이다. 이 자식아. 그냥 알다가 안고. 뭐, 그러는 거잖아!"

"니가 어떻게 알아? 근처에 여자도 없는 놈이."

"미친놈."

"어라, 이놈 봐. 아니라고 마구 우기는 눈빛이네."

"나도 지금 만나는 사람 있다."

"누군데?"

"있어."

"이 자식이 사람 궁금하게 만드는 재주가 있어. 난 너한테 전부 알려주는데 넌 왜 안 알려줘?"

"그런데 여자를 만난다면서 난 왜 끌고 가. 난 꿔다 놓은 보릿자루 그런 거 싫어해. 너나 가."

"같이 가야 해. 중요한 일이니까."

"중요한 일, 뭐?"

"가보면 알아."

* * *

한정유와 김도철이 인사동의 한 으슥한 카페로 들어선 것은 오후 4시가 조금 넘었을 때였다.

아직 해가 떠 있는데도 카페는 어두컴컴했다.

복도를 걸어 한참을 들어가자 창가에 앉아 있는 여자가 보였다.

어두컴컴해도 빛이 난다.
저 여자는 도대체 몸에 뭐가 있기에 이런 곳에서도 빛이 나는 걸까.

"조금 늦었습니다."
"여자와 약속했으면서 이렇게 늦는 법이 어딨어요. 이거 너무한 거 아니에요?"
"겨우 5분인데요. 여기는 제 친구."
"어머!"

뒤늦게 김도철을 확인한 김가은의 입에서 가벼운 탄성이 흘러나왔다.
그녀의 얼굴 표정을 보니 이미 알고 있었던 모양이다.
이 자식. 매번 느끼는 거지만 은근히 유명세가 있다.

"안녕하세요. 질풍검을 여기서 보다니 영광이에요."
"저도 마찬가집니다. 냉염의 미소를 만나게 될 줄은 꿈에도 생각지 못했습니다."
"그렇게 말씀해 주시니 고마워요."

김도철도 상당히 놀란 모양이었다.
세상에, 김가은이라니.
도대체 한정유는 어디서 이런 미녀들과 인연을 맺었을까.
하여간 남자는 미친놈처럼 돌아다니면 이런 미녀들과 만나게 되는 모양이다.

가벼운 인사가 오고 갔고 술과 안주를 시킨 후에야 의외의 인물을 만났다는 흥분이 조금씩 가라앉았다.

"고생했죠?"

"고생은 가은 씨가 했죠. 저 때문에 감찰단한테 곤욕을 치렀잖아요. 미안합니다."

"각오하고 있었던 일이에요. 그 사람들, 대단하잖아요. 그래도 무사히 끝나서 다행이에요."

"증거가 없으니까. 그리고 난 잘못을 안 했으니까."

"역시 대단하셔. 어쩌면 사람이 이렇게 뻔뻔할 수 있어요?"

한정유의 얼굴을 보면서 김가은이 웃었다.

그러자 카페가 다 밝아지는 것처럼 느껴졌다.

"그래, 부탁한 건 어떻게 됐습니까?"

"그게……."

한정유의 질문에 김가은의 눈이 김도철에게 향했다.

다른 사람이 있는 곳에서 쉽게 이야기할 수 있는 내용이 아니었기 때문이다.

"이 친구도 내가 던전에 들어간 걸 알고 있습니다. 그리고 어차피 같은 식구가 될 거니까 염려하지 말고 말씀하세요."

"같은 식구라뇨?"

"가은 씨, 우리 태풍으로 올 거잖아요."

"내가 언제요. 김칫국 너무 빨리 마시는 거 아니에요?"

"전 그렇게 믿고 있습니다. 지금은 아니라도 언젠가는 꼭 모셔올 생각입니다. 우리 태풍은 가은 씨가 꼭 필요하니까요."

"아, 난 정유 씨만 만나면 세뇌당하는 느낌이야. 뭔가 속고 있는 느낌?"

"그건 속고 있는 게 아니라 남자의 진심에 설득당하는 겁니다. 남자의 진심은 무척 어색하지만 직접적이고 뜨겁거든요."

"우와, 말하는 것 좀 봐. 꼭 바람둥이 같아. 다른 여자들한테도 이래요?"

"절대 아닙니다."

강력하게 반발했으나 김가은의 눈은 이미 김도철에게로 향하고 있었다.

하지만 김도철은 아무런 말 없이 빙글빙글 웃기만 했다.

도움이 안 되는 놈이다.

"너 왜 아니라고 말을 못 해. 네가 그러니까 내가 정말 바람둥이 같잖아!"

* * *

던전.

괴물들이 쏟아져 나오는 근원지.

하지만, 과학계는 던전 발생의 원인이 무엇인지 정확하게 설명하지 못한 채 지금까지 20년이란 세월이 흘러왔다.

수많은 추측들이 있었지만 결국 어떤 것도 확신할 수 없었다.

가장 큰 이유는 던전에 들어갔던 자들이 그 비밀을 노출시키지 않았고, 극도로 과학이 발달되었지만 던전의 특성이 과학으로 풀기엔 너무 불가사의했기 때문이다.

던전 발생의 이유, 괴물들의 근원, 왜 총이나 미사일 등 첨단 무기들에 죽지 않는 것인지. 어디서 오는 것인지, 던전의 끝에는 무엇이 있는지 지금까지 드러난 것은 아무것도 없다.

"봤습니까?"

"네."

"가져왔나요?"

"아뇨, 가져올 수는 없었어요. 아예 복사나 전송 자체가 불가능하도록 만들어놨으니까요."

"들어가기 힘들었을 텐데 고생했겠군요."

"정유 씨한테 밥 얻어먹으려고 힘 좀 썼죠."

웃으면서 말했지만 그녀의 얼굴이 잠시 흐려지는 걸 놓치지 않았다.

던전 연구소에서 관리하고 있는 비밀 자료를 열람하는 것 자체가 범죄다.

더군다나, 인연을 이용해 연구소에 들어갔다 해도 비밀 자료를 열람하기 위해서 그녀는 스파이처럼 움직이며 고생깨나 했을 것이다.

그녀가 피닉스 길드의 간판스타라 해도 그것을 들킨다면 절대 고이 넘어갈 내용이 아니었다.

"먼저 괴물들이 총포 계열에 견디는 원인부터 말할게요. 연구소의 분석에 따르면 괴물들한테는 특수 기파가 나와 열탄을 완전히 차단한다고 해요. 특수촬영된 적외선 촬영 영상을 보면 쉽게 알 수 있었어요. 놀랍게도 괴물들 몸에 방어막처럼 투명한 기파가 형성되어 있더군요."

"그럼 각성자들의 공격에 타격을 입는 이유는?"

"그 방어막이 내공이나 마력에는 취약하기 때문이라는 게 연구소의 분석이에요."

"복잡하네. 열탄에는 견디지만, 내공이나 마력은 아니다?"

"자료에는 아직 그 원인에 대해서 계속 연구 중이라는데 쉽지 않은 것 같아요."

"좋습니다. 그럼 던전 발생의 원인은 뭐랍니까?"

"너무 전문적인 용어들이 많이 튀어나와 읽는 데 고생 많이 했어요. 하지만, 결론은 하나더군요."

"뭐죠?"

"우주는 하나만 있는 것이 아니다. 즉 지금까지 연구되어 왔던 다중우주론이 그것이었어요. 지금 우리가 사는 우주는 상상할 수 없는 속도로 빠르게 팽창되어 언젠가는 폭발할 거라고 해요. 그런 우주가 만약 서로 근접되어 있다면. 그래서 상충하며 균열이 일어나 서로의 세계를 간섭했을 가능성. 연구 보고서의 초점은 여기에 맞춰져 있었어요."

"확신은 아니군요."

"그래요. 하지만, 가장 큰 가능성이죠."

"그럼 던전은 다른 우주와 연결되어 있을 가능성이 크다는 거네요."

"어쩌면 다른 차원과 연결되어 있을 수도 있죠. 결국 가봐야 된다는 뜻이에요. 모든 것이 확실해지기 위해서는 던전의 끝까지 가봐야 알 수 있다는 거예요."

"혹시, 괴물들의 능력치가 변화된 이유도 있었습니까?"

"던전 안과 밖은 다른 차원이라고 해요. 그래서 괴물들의 능력치가 저하된 걸로 추측하고 있었어요."

"던전의 색깔이 변하는 이유는?"

"차원의 적응. 물리력이 있는 차원들도 적응이 된다는 가설이 있어요. 쉽게 말해 다른 차원들이 오래 같은 공간에 근접해 있으면 중력이 나눠져 균등하게 배분된다는 거죠."

"그렇다면, 현실에서 괴물들의 능력치가 더 올라갈 수도 있다는 뜻이잖습니까."

"맞아요. 그래서 길드협회의 수장들도 던전 변화 추이를 시시각각 체크하고 있었어요."

김가은은 그 후로도 던전에 관한 많은 이야기를 했다.

자료에서 나타난 던전의 구조와 괴물들에 관한 것들은 자신이 직접 체험한 것과 다를 바가 없었다.

던전 안으로 들어갔던 스페셜 마스터들이 어디까지 가봤는지 알 수 없었지만, 자료에 나와 있는 건 자신이 알고 있는 것과 크게 차이가 나지 않았다.

"도철아, 들었지?"

"응."

"결국 가봐야 알 수 있다네."

"응."

"갈 거지?"

"생각해 보고. 난 아직 원래의 무공을 완전히 회복하지 못했다. 네 말대로 던전 안이 지옥이라면 시간이 필요해."

"그건 나도 마찬가지야."

"그럼 기다리는 게 맞지 않을까. 아무리 궁금해도 살아야 하잖아."

"지금 가자는 건 아냐. 무공을 전부 회복하면 그때 가는 거지."

"그땐 간다. 나도 궁금해 미칠 지경이거든."

"가은 씨는요?"

"나는 왜요?"

"어차피 같은 배를 탔으니 같이 가야죠. 가은 씨는 궁금하지 않으세요?"

"궁금하긴 한데……. 죽는 건 싫네요."

"어차피 모험을 해야 합니다. 그러니 같이 갑시다."

"이봐요. 난 아직 제대로 데이트도 못 해봤어요!"

* * *

길드협회의 감찰단장 박장열의 시선이 국장들의 얼굴을 넘어 창밖으로 향했다.

최근 며칠 동안 언론에서 미친 듯이 떠드는 것을 볼 때마다 끓어오르는 분노를 참느라 무진 애를 썼다.

감찰단은 길드협회의 얼굴과 다름없는 조직이었다.

괴수 관련 단체에겐 사신으로 통했고, 그만한 힘도 가지고 있었기 때문에 지금까지 어딜 가도 상석에 안내될 만큼 당당하게 행동할 수 있었다.

그런데 이런 일이 벌어지고 나자 부끄러워 얼굴을 들고 다닐 수가 없었다.

"동영상은?"

"퍼지지 못하도록 차근차근 내리고 있습니다. 한꺼번에 내리면 우리가 움직였다는 걸 알 겁니다."

"서두르지 마. 이미 2천만이 넘었다면서. 그렇다면 볼 놈들은 다 봤다는 건데, 굳이 급히 내려서 의심을 살 필요 없어."

"그래도……."

"그놈에 대해서 알아봤나?"

"이름은 한정유. 아시는 것처럼 태풍OR의 특수지원팀장입니다. 저희들이 분석한 바에 따르면 권법도 뛰어나지만 주무기는 도법인 것 같습니다. 수준은 골든헌터 이상. 하지만 스페셜 마스터급까지는 오르지 못한 것으로 추정됩니다."

"국장들 생각은 어때?"

박장열의 질문에 3명의 국장들이 잠시 침묵을 지켰다.

이것이 박장열의 조직 운영 방식이다.

절대 자신의 생각을 먼저 말하지 않고 국장들의 의견을 들은 후 결정한다.

하지만, 그것 또한 단순하게 생각하면 안 된다.

그는 국장들의 의견이 자신의 뜻과 맞을 때까지 계속 회의를 진행하며 유도하는데 돌출되는 발언이 나오면 곧바로 박살이 난다.

먼저 입을 연 것은 감찰총괄국장 여인성이었다.

그는 감찰단장의 오른팔로 감찰기획과 인사에 관한 권한을 휘두르는 사람이었다.

"단장님, 아무래도 지금 당장 손을 대면 문제가 생길 것 같습니다. 그놈이 언론에까지 나와 설치는 바람에 보는 눈이 많습니다."

"그래서?"

"하지만 이대로 그냥 넘기기엔 사안이 단순하지 않습니다. 그런 놈을 그냥 두면 감찰단의 위상에 금이 갈 수밖에 없습니다. 조금 시간이 지난 다음에 은월각을 쓰는 게 좋을 것 같습니다. 그들의 존재는 세상에 알려져 있지 않으니 문제가 생겨도 우리는 빠져나갈 수 있습니다."

"음……."

역시 오른팔이다.

자신의 생각을 그대로 읽고 말하는 여인성의 말에 박장열의 고개가 살짝 움직였다.

은월각.

길드협회가 극비리에 운영하고 있는 무력 단체의 이름이었다.

은월각에 몇 명이 소속되어 있는지 감찰단까지 알 수 없을 정도로 모든 게 은밀히 운영되었는데, 표면에 나타난 자는 은월각주 이호성뿐이었다.

"은월각을 쓴다고 우리를 의심하지 않겠나. 어차피 결과는 마찬가지야."

"당연한 말씀입니다. 그걸 노린 것이기도 하고요. 감찰단을 건드리면 그냥 넘어가지 않는다는 걸 모든 놈들에게 알려줘야 합니다. 그래야 위상이 강화됩니다."

"술 약속이 있긴 한데……."

"단장님께서 이 각주님께 슬쩍 말씀하시죠. 두 분이 친하시잖습니까."

"그것도 빚이야."

"이 각주님도 단장님께 빚진 것들이 있습니다. 이 기회에 그 빚을 상쇄시키십시오."

"그것 참. 별 이상한 놈 때문에 고민하게 만드는구만. 그럼 이번 건은 그렇게 처리하는 것으로 하지."

* * *

문호량은 미국 최대 길드 WFA의 수장 맥길로이와 저녁을 먹고 호텔로 들어왔다.

요즘 한창 정치권을 떠들썩하게 만든 길드 스왑 제도와 관련해서 미리 협상을 하기 위함이었다.

길드 스왑 제도는 최근 들어 던전이 변화를 일으키고 있기에 만약의 사태에 대비해 상호 협력 관계를 공고히 하는 제도였다.

쉽게 말해, 괴물들로 인해 국가의 위기 사태 발생 시 조건 없이 길드의 헌터들을 파견해 준다는 협약이었다.

그가 이곳에 온 이유는 북극성 길드회장의 부탁을 받았기 때문이다.

오래전부터 미국의 헌터 협회와 긴밀한 유대 관계를 맺어왔기에 북극성 길드는 은밀히 그에게 사전 협상을 부탁해 왔다.

앞으로도 일정이 빽빽했다.

자신의 주력 회사에서 생산하는 무기 수출입을 위해 방산업체 관계자들의 미팅이 잡혀 있었고 미국 하원 의원들과의 만찬도 예정되어 있었다.

현재의 무기 시장은 재래식 무기로 전환된 지 오래였다.

괴물들이 총포류에 죽지 않는 것이 알려진 후, 헌터들은 물론이고 일반인들까지 좋은 검이나 칼, 창들을 원했기에 재래 무기 시장은 신천지나 다름없었다.

뜨거운 물로 샤워를 하자 온몸이 나른하게 풀어지는 게 느껴졌다.

오늘 만난 맥길로이는 만만한 놈이 아니었다.

한 치도 물러서지 않는 기세.

자신의 앞에서 편안하게 숨을 쉬는 놈은 오랜만에 만났다.

그만큼 무서운 고수란 뜻이었다.

샤워를 마치고 타월로 몸을 닦은 후 천천히 욕실에서 나오자 침대에서 플레이 보이지 표지 모델로 나왔던 제니퍼가 선정적인 자세로 자신을 기다리고 있는 것이 보였다.

자신의 오랜 친구 토머스가 방미한 기념으로 회포를 풀라며 소개해 준 여자였다.

늘씬하게 빠진 몸매가 한 마리 연어를 보는 것처럼 싱싱했다.

사내의 즐거움은 이런 것 아니겠나.

열심히 일한 후 아름다운 여자와 회포를 푼다는 건 새로운 활력을 갖게 만들어주는 특효약이다.

천천히 타월을 벗고 침대로 향했다.

제니퍼는 완벽하게 빠진 자신의 몸을 보는 순간부터 흥분했는지 얼굴이 발갛게 달아올라 있었다.

그때, 탁자에 놓아두었던 전화기가 발작하듯 울기 시작했다.

어떤 놈이지 모르지만 예의도 없다.

저녁 9시가 훌쩍 넘은 시간에 전화를 한다는 건 그만큼 바쁜 일일 테지만, 이런 순간만큼은 입맛이 썼다.

그럼에도 전화기를 들었다.

다른 전화라면 몰라도 상대가 일도회의 이만성이라면 받아야 한다.

"이 회장, 이 밤에 웬일이야?"

—회장님, 놀라지 마십시오. 마제께서 오셨습니다.

"지금… 뭐라고 그랬어? 마제… 마제라고 그랬어!"

—예, 오늘 마제께서 찾아오셨습니다. 그래서 급히 전화드린 겁니다.

"그게 무슨……. 알아들을 수 있게 자세하게 말해 봐."

—오늘 두 사람이 찾아왔습니다. 회장님께서 아실지 모르겠지만 찾아온 자는 태풍OR의 특수지원팀장 한정유였습니다. 요즘 한창 동영상 때문에 난리가 났던.

"그래서?"

—자신이 천왕의 주인이라고 하더군요.

"죽여 버리지 그랬냐. 감히 마제를 사칭하다니. 마제는 오직 하나. 내 친구뿐이야!"

—그러려고 했습니다. 하지만, 그분은 천왕의 주인을 나타내는 천룡을 보여주셨습니다.

"그게, 정말이냐?"

—천왕회주를 찾으셨습니다. 그래서 회장님의 이름을 말씀드렸습니다.

"그랬더니?"

—아무 말씀도 안 하시고 눈가가 붉어지셨습니다. 눈물은 흘리지 않으셨지만 제가 봤을 땐 우시는 것 이상으로 격동하셨습니다.

"후우… 후우. 혁련도가 왔단 말이지. 내가 살아가는 곳에. 도가 왔다고… 흐으……."

문호량이 한동안 눈을 감은 채 뜨지 않았다.

몸까지 부들거리며 떨렸는데 커다란 충격을 받은 것 같았다.

하지만, 그런 순간은 그리 오래가지 않았다.

"내가 금방 돌아가겠다. 그러나… 만약 그놈이 사칭한 것이라면 내 손으로 죽이겠다. 다른 누구도 아닌 마제를 사칭했으니 상대가 누구라도 상관하지 않는다."

전화기를 내려놓은 문호량의 눈이 서늘하게 변했다.

친구.

운명을 같이했던 주군.

얼마나 그리워했단 말인가.

하필이면, 도화가 흩날리는 그 아름다운 곳에서 싸늘하게 식은 몸으로 나를 맞이했느냐.

슬퍼할 수도 없게.

오랜 세월, 그 많은 날들이 힘겨웠다.

놈이 너무나 보고 싶어서.

"너, 옷 입어라."

"왜 그러세요?"

"지금 내가 가야 할 곳이 있어. 그래서 너를 예뻐해 줄 수 없을 것 같다."

"어머, 그러는 게 어디 있어요. 당신이 나오길 얼마나 기다렸는데."

"미안."

제니퍼가 토끼 같은 눈을 하면서 일어났다.

환상적인 몸매.

그저 상반신만 일으켰음에도 눈이 부실 정도로 아름다웠다.

하지만, 문호량의 눈은 이미 들고 있던 전화기로 향해 있었다.

"나다, 지금 당장 공항으로 갈 테니까 최대한 빠른 비행기를 알아놓도록. 그리고 나머지 스케줄 전부 취소해. 뭐라고… 곤란

할 게 뭐가 있어. 내가 급한 일이 생겼다고 말하는 거 안 들려!"

*　　　*　　　*

길드협회 감찰단장 박장열이 압구정동의 일식집 '긴자'에 나타난 것은 오후 6시 무렵이었다.

그를 호위하는 세 명의 단원이 뒤로 빠지고 그 혼자 천천히 실내로 들어서자 중년의 여인이 나타나 정중하게 그를 특실로 안내했다.

특실로 들어서자 눈매가 날카로운 남자의 모습이 보였다.

바로 은월각주 이호성이었다.

길드협회의 숨겨진 칼. 은월각.

각성자들을 컨트롤하다 보면 수많은 이해가 얽히고 돌출되는 놈들이 수시로 나온다.

정치인은 물론이고 경제, 언론 등 길드의 이익과 상반되는 자들은 그들에 의해 제거되었다.

완벽한 처리.

지금까지 은월각이 움직여 문제가 발생된 적은 한 번도 없었다.

시작부터 끝까지 완벽하게 흔적 없이 상대를 제거했기 때문에 사람들은 그런 사실이 있었던 것조차 알지 못했다.

"어서 오시오."

"오래 기다리셨습니까?"

"금방 왔습니다. 하하… 원래 얻어먹는 사람이 먼저 오는 거잖습니까."

이호성이 밝게 웃자 박장열이 따라 웃었다.

공생의 관계.

이호성이 날카로운 칼을 지녔다 해도 감찰단장인 박장열에겐 신세질 일이 많았다.

가려운 데를 긁어주기엔 감찰단장의 힘이 월등히 컸으니 당연한 일이다.

인간 사회에서는 어디든 청탁이 존재했고, 박장열은 그 청탁을 들어줄 수 있는 힘을 가지고 있었다.

하지만, 이번에 먼저 술을 마시자고 한 건 박장열이었다.

음식이 나왔고 술잔이 돌았다.

늑대들은 서두르지 않고 먹이를 노린다.

경험이 많은 늑대일수록 분위기가 익을 대로 익었을 때, 천천히 본론을 꺼내는 법이다.

그랬기에 두 사람은 요즘의 시국 상황과 길드에 관련된 일로 시간을 보내며 술을 마셨다.

시간이 지날수록 이호성의 웃음이 진해졌다.

박장열의 표정이 점점 희미하게 변했기 때문이다.

본론을 꺼내고 싶은 것 같은데 입이 떨어지지 않는 모양이다. 이럴 때는 먼저 운을 떼주는 게 예의다.

왜 자신에게 술을 사는지 충분히 짐작하고 있었다.

험한 세상을 살아왔고 목숨을 걸고 싸워오면서 이런 눈치조차 없었다면 예전에 도태되거나 목숨을 잃었을 것이다.

"요즘, 단장님이 꽤 불편하겠습니다. 휘하에 있는 놈들이 사고를 치면 윗사람이 곤란해지죠."

"그리 말씀해 주니 고맙군요. 사실, 그것 때문에 얼굴을 들고 다닐 수가 없습니다. 감찰단의 명예가 땅바닥에 처박혔으니 이 일을 어찌해야 될지 모르겠습니다."

"제가 어떻게 해드릴까요. 그동안 신세 진 것도 많은데 제가 도와드릴 일이 있으면 말씀하십시오."

"어려운 일인데 괜찮으실런지……."

"그리 어려운 일도 아닐 겁니다. 그 친구가 제법 한다면서요. 하지만 은월각에는 그런 놈들을 전문적으로 제거하는 자들이 있답니다. 무력이 아무리 뛰어나도 어둠 속의 칼은 피할 수 없는 법이죠."

"그럼 부탁해도 될까요?"

*　　　*　　　*

연예인과 스포츠 스타의 얼굴을 사람들이 계속 알아보는 건 오랜 시간 그들이 각종 매체를 통해 꾸준히 활약하며 깊은 인상을 남겼기 때문이다.

인기가 있고 없고의 차이는 결국 사람들의 머릿속에 얼마나 좋은 인상을 남겼느냐에 따라 결정되는 것이다.

그렇다면 한정유는 그들처럼 스타일까?

두 번이나 동영상을 통해 엄청난 조회수를 기록했으니 스타로서의 자격 조건은 충분했다.

하지만 그를 알아보는 사람은 그리 많지 않았다.

스켈레톤을 때려잡았을 때는 멀리서 찍었기 때문에 얼굴을 알아볼 수 없었고, 감찰단 골든헌터와의 비무 장면에서는 워낙 박투가 치열했기 때문에 사람들의 기억은 얼굴보다 싸움 장면에 집중되었다.

물론 알아보는 사람들도 있었다.

백화점의 점원처럼.

그러나 그것도 동영상이 한창 난리가 났을 때 잠시에 불과했고, 시간이 지나자 거리를 활보해도 그를 알아보는 사람은 별로 없었다.

"한 팀장, 일은 어떻게 진행되고 있어?"

"잠시 소강 중입니다."

"왜?"

"먼저 만나볼 사람이 있습니다. 그래야 앞으로 어떻게 일을 진행시킬지 결정할 수 있을 것 같습니다."

"난 무슨 소린지 잘 모르겠구먼. 이 사람아, 조금 쉽게 말해줄 수 없나?"

당연히 답답할 것이다.

언론을 끌어들여 태풍OR에 들어올 압박과 손실을 막았지만 남정근의 입장에서는 좌불안석일 게 분명했다.

더군다나 그는 오너다.

오너란 모든 책임을 져야 하는 자리였으니 수시로 한정유의 움직임을 궁금해하는 건 당연한 일이다.

"어쩌면 길드 자격 조건을 단박에 해결할 수 있을 것 같습니다. 어제 갔던 곳에서 저를 도와줄 사람의 행방을 알았거든요."

"도와줄 사람?"

"7대 흑사회의 막후 실력자. 바로 천왕회주입니다."

"헉!"

"아십니까?"

"알지, 예전에 슬쩍 누군가 그러더군. 길드가 흑사회를 함부로 하지 못하는 것도 뒤에 비밀 조직 천왕이 있기 때문이라고. 하지만 실체가 없기 때문에 소문이라고 생각했는데, 정말 천왕이란 조직이 있단 말인가?"

"있습니다."

"그래도 천왕회주를 어떻게 만나. 그는 신비의 인물인데?"

"찾을 필요 없습니다. 알아서 찾아올 테니까요."

"그가 왜 자넬 찾아와? 말도 안 되는 말을 하고 있어. 그걸 믿으라고, 지금 나한테?"

"찾아옵니다. 그는 제 친구니까요."

한정유의 말에 남정근이 눈을 치켜떴다.

불같은 성격을 가졌지만 지금까지 실없는 소릴 하는 걸 본 적이 없다.

비록 자신의 상상 범위를 계속 뛰어넘는 사고를 계속 벌여왔으나 그건 한정유에 대한 자신의 상상 폭이 그 정도밖에 되지 않기에 발생된 일이었을 뿐이다.

놀라움의 연속.

도대체 이 인간은 어디까지 자신을 놀라게 만들 작정이란 말인가.

"천왕회주는 언제부터 사귀었는데?"

"아주 오래전에."

* * *

김가은은 김두성과 함께 국장실로 향했다.

서무원은 가끔가다 그들을 불러 차를 마셨는데 길드의 상황과 현재 벌어지고 있는 현장에 관한 일들을 듣기 위해서였다.

텔레비전에서는 국회의원들이 서로 고성을 지르며 싸우는 모습이 흘러나오는 중이었지만 그는 두 사람이 들어오자 곧장 고개를 돌리며 반겼다.

"어서들 와."
"텔레비전이 난리네요. 헌터스왑법 때문이죠?"
"각자의 이해가 달려 있으니 첨예하게 맞붙을 수밖에."
"회장님이 머리가 복잡하시겠어요. 북극성과 JK 쪽 반발이 만만치 않을 텐데 쉽지 않을 거예요."
"역시 우리 가은이는 똑똑해."

서무원이 흡족한 표정을 지으며 웃었다.
당연한 일이지만 내용을 모르는 놈들에게는 말해주어도 이해하지 못한다.
그만큼 김가은이 현재의 정국을 정확하게 파악하고 있다는 뜻이니 대견할 수밖에 없었다.
김두성이 나선 것은 장난스러운 서무원의 말이 끝났을 때였다.

"헌터스왑법을 통과시켜도 북극성 계열과 JK 계열이 손해볼 일은 아닙니다. 결국 그쪽도 비슷한 놈들과 연계가 될 테니까요. 문제는 헌터스왑법이 아니라 기세의 문제겠죠. 현재 주도권을 우리가 쥐고 있으니 저자들은 그걸 용인하기 싫은 겁니다."
"정확히 봤다."

"우리가 예상하는 대로 던전이 변한다면 세상은 곧 국가의 질서가 무너지고 새로운 체제로 전환될 수 있습니다. 국장님, 우리 피닉스는 거기에 철저히 대비해야 됩니다."

"헌터들의 움직임은?"

"극비리에 움직이기 시작한 것 같은데 아직 특별한 움직임은 없습니다. 계열별로 접촉이 시도되고 있지만 아무도 노출하지 않으니까요. 그러나 본질은 어쩔 수 없습니다. 시간이 지나면 결국 헤쳐 모여 되겠죠."

"정도일 쪽은?"

"걔들이 특히 심합니다. 그쪽은 사파 계열 놈들이 대부분이라 단합이 잘됩니다. 민병도 고문 쪽의 마법 계열 애들도 서서히 움직이기 시작한 것 같고요."

"회장님도 사안의 심각함을 인지하고 계시다. 그래서 우리 쪽도 움직이고 있어. 물과 기름은 절대 어울릴 수 없는 법이니까."

"짐작하고 있었습니다."

"그러나 아직 시간은 있어. 지금 이 체계는 금방 무너지지 않는다. 변화의 시점은 던전에 달려 있어. 하지만 그건 언제가 될지 아무도 몰라."

"천천히 준비해 나가겠습니다."

김두성이 인정한다는 듯 고개를 끄덕여 수긍을 하자 서무원의 고개가 차를 마시고 있는 김가은 쪽으로 움직였다.

"그나저나 가은아!"

"예, 국장님."

"그 친구 만나봤나?"

"한정유 씨 말하는 거죠?"

"설득은 해봤어?"

"네. 하지만 소용없었어요. 그 사람은 태풍OR을 길드로 격상시킬 생각을 가지고 있어요. 그래서 그런가 철벽처럼 꿈쩍도 안 해요."

"길드로 격상시켜, 태풍OR을? 허어, 그놈 세상 물정을 너무 모르는 거 아니냐. 길드의 설립 조건을 알고도 그런 짓을 해?"

"질풍검이 합류했어요. 그리고 또 다른 사람들을 스카웃하려고 움직이는 것 같아요. 저한테 그러더군요. 꿈은 노력 속에서 피어나는 꽃과 같은 것이라고. 그 사람, 보기보다 상당히 낭만적인 말도 할 줄 알아요."

"김도철은 친구라서 그렇다 해도 또 어떤 놈이 거길 가. 미친 놈이 아닌 바에야."

"저요."

"뭐라고?"

"저한테 오라고 했어요. 자기 옆으로. 그래서 고민 중이에요."

"넌 참 농담도 잘하는구나."

"농담 아니에요."

"가은아, 그게 무슨… 말도 안 되는 소리다. 넌 피닉스의 상징이야. 네가 뭐가 부족해서!"

"그동안 피닉스가 저한테 잘해줬다는 거 잘 알고 있어요. 국장님께서 저를 딸처럼 예뻐해 주신 것도 너무 고마워요. 그런데 저는… 자꾸 마음이 흔들려요."

"왜, 무슨 이유 때문에?"

"그 사람이니까요. 그 사람이 저를 원하거든요. 하지만, 당장은 아니니까 걱정하지 마세요. 저도 그 사람을 더 알아볼 시간이 필요해요."

*　　　*　　　*

문호량은 비서진이 마련해 놓은 비행기를 타고 귀국길에 올랐다.

수행 비서가 향후 일정을 취소하느라 미친 듯이 뛰어다니겠지만 그의 머릿속에는 오직 하나, 마제라는 이름만 가득 차 있을 뿐이었다.

이놈의 비행기.

오늘따라 더욱 느리게 날아가는 것 같았다.

1등석을 전담하는 스튜어디스가 다가왔을 때 문호량의 입이 불쑥 열렸다.

"혹시 독한 위스키가 있습니까?"

"손님, 발렌타인이 있는데 드릴까요?"

"부탁 좀 합시다."

"안색이 안 좋으세요. 어디 편찮으신 데 있으세요?"

"없습니다. 단지, 마음은 급한데 비행기가 너무 느리군요. 이렇게 비행기가 느리다고 생각한 건 오늘이 처음인 것 같아요."

"어머, 급한 일이 있는 모양이죠?"

"보고 싶은 사람이 한국에 있습니다. 너무나 보고 싶어 눈물이 나올 정도로……."

"사랑하는 분이세요?"

스튜어디스의 얼굴이 부러움으로 가득 찼다.

미주노선을 전담하는 그녀는 문호량과 3번이나 만난 사람이었다.

40대의 나이였음에도 너무나 젠틀하고 귀족스러운 분위기를 풍겨 저절로 시선이 가는 남자였기에 스튜어디스 사이에서는 뭐 하는 사람인지 내기까지 벌어질 정도였다.

그런 사람이 누군가를 보고 싶어 이렇게 애를 태우는 모습을 보자 그녀의 마음은 부러움과 질투에 사로잡혔다.

하지만, 문호량의 입에서 나온 대답은 전혀 의외의 것이었다.

"사랑은 10년을 간다고 했습니다. 하지만 친구와의 우정은 죽음을 같이하죠. 그런 친구가 한국에서 저를 기다리고 있습니다."

인천국제공항에 내리자 문호량은 대기하고 있던 플라잉카를 타고 곧장 태풍OR을 향해 날아갔다.

아침 7시.

급히 귀국하다 보니 새벽에 떨어지는 비행기를 탈 수밖에 없었다.

"회장님 너무 빠릅니다. 지금 가봤자 아무도 없을 겁니다."
"그런가?"

비서실장인 박정훈이 걱정스럽게 말하자 문호량의 입에서 한숨이 흘러나왔다.
그저 보고 싶다는 생각에 아무런 생각없이 닥달했는데 막상 시계를 보자 빨라도 너무 빠른 시간이었다.
박정훈의 말대로 지금 태풍OR은 비상대기하는 자들밖에 없을 것이다.

"정훈아, 집 알아놨지?"
"예, 회장님."
"그럼 집으로 가자."
"지금요?"
"집으로 가. 내가… 도저히 기다릴 수 없어서 그래."
"알겠습니다."

플라잉카가 부자들이 필수품이 된 건 복잡한 도로 상황과 상관없이 최대한 빠른 속도로 목적지에 도착하기 때문이다.
있는 자들에겐 시간이 곧 돈이니까.
불과 방향을 틀은 지 10분 만에 박정훈이 허름한 연립주택 앞에 플라잉카를 주차했다.

"회장님, 3층 201호 입니다."

"여기에… 이런 곳에 산단 말이냐?"

"그렇습니다."

"넌 여기서 기다려."

다 쓰러져 가는 연립주택을 바라 본 문호량의 입에서 탄식이 흘러나왔다.

도대체 마제가, 어째서 이런 곳에 살 수 있단 말인가.

옆으로 문이 올라간 플라잉카에서 내린 문호량이 뚜벅뚜벅 연립주택을 향해 걸어갔다.

자신도 모르게 떨리는 걸음.

놈을 향해 다가가는 이 발걸음 하나하나가 마치 끝없이 펼쳐진 전장 앞에 홀로 선 것처럼 긴장되었다.

이윽고 계단을 올라 색이 벗겨진 철문 앞에 서서 초인종을 눌렀다.

띵동, 띵동!

제18장
암습

마음은 급했지만 후정혈은 철벽처럼 가로막은 채 꼼짝하지 않았다.

지천의 경지에 도달했을 만큼 이미 무극심법의 진리를 깨달았으나 완전하지 않은 육체는 그 깨달음으로도 어쩌지 못했다.

전생에서 강간혈을 관통하는 데 무려 20년이란 세월이 필요했음에도 환생한 지 불과 1년 반 만에 이런 경지에 오른 것은 무극심법의 완벽한 이해와 깨달음이 밑바탕에 있었기 때문이다.

강간혈을 깨뜨리고 5년이 지난 후 백회혈을 관통시켜 임독양맥이 전부 타통되었을 때 천하쟁패의 길에 나섰으니, 참으로 내공의 증진은 어렵고도 힘든 길이다.

머릿속에 고여 있는 피, 그리고 뇌간 손상.

수시로 찾아오는 고통.

후정혈을 관통시키기 위해 피나는 노력을 할 때마다 머릿속에 들어 있는 손상은 심법운용이 끝나면 지옥 같은 고통을 선사했다.

그럼에도 한정유는 매일처럼 그 지옥 같은 고통을 견디며 단전을 넓혀 나가는 작업을 멈추지 않았다.

아직 단전 크기가 부족하다.

깨달음으로도 어쩔 수 없는 크기의 단전을 확장하기 위해서는 끊임없는 노력만이 해결책이었다.

잠에서 깬 후 일어나 곧바로 야산을 찾았다.

매일 5시에 기상해서 하루 일과를 야산을 찾아 섬전십삼뢰와 단천열화권을 수련하는 것으로 시작했다.

더 이상의 부끄러움은 안 된다.

여러 번 겪은 자존심의 상처, 그런 굴욕을 더 이상 당하고 싶지 않았다.

내공이 부족하다면 무공으로라도 적의 목숨을 끊어놔야 한다는 것이 그의 생각이었다.

야산에서 돌아왔을 때 집 앞에 있는 플라잉카가 눈에 들어왔다.

이런 동네에서는 절대 볼 수 없었던 최신형 플라잉카였다.

빤히 쳐다보는 시선. 그리고 놀라는 표정.
운전석에 앉아 있던 자는 자신의 모습을 보자 귀신을 본 것처럼 표정이 변했다.
칼날 같은 기세.
마치 한 자루 새파랗게 갈린 칼을 보는 것처럼 상승무공을 익힌 자였다.

갑자기 생성된 불안감에 걸음이 빨라졌다.
이 세계에 와서 단시간 만에 워낙 많은 일을 벌여놨기 때문에 자신을 노리는 놈들은 셀 수 없이 많았다.
당장 감찰단이 떠올랐고 길드, 흑사회도 눈에 밟혔다.

계단을 타고 나는 것처럼 뛰어올라 문 앞에 섰다.
색칠이 벗겨진 낡은 문.
지체 없이 문을 열고 안으로 들어가자 주방에서 나오던 어머니의 얼굴에서 안절부절못하는 표정이 보였다.

그리고 나타난 사람의 모습.
등을 진 채 앉아 있던 남자의 고개가 천천히 돌아오며 자신을 바라봤다.
등줄기를 타고 내려오는 전류.
남자의 눈과 마주치는 순간 천만 볼트 전류에 감전된 것처럼 움직일 수 없었다.

남자가 일어섰다.

마치 거대한 산이 일어서는 것처럼 느껴질 정도로 장중한 기도.

하지만, 사내의 얼굴에 담겨 있는 격동은 너무 진해 숨길 수조차 없는 것이었다.

"네가, 정말 도냐?"

"보면 모르겠나. 섬전일수 호량. 우리 마음속에 흩날리는 도화. 그리고, 그 속에서 품었던 우리의 꿈. 천하일통. 너는 나였고, 나는 너였다. 그래서 사람들은 우릴 보고 일심동체, 쌍웅무적이라 부르지 않았나."

섬전일수는 문호량의 별호다.

번개 같은 일수에 상대의 목을 끊어놓는다고 해서 붙여진 별호.

하지만, 문호량의 눈에서 눈물이 새어 나온 건 도화의 우정이란 말이 나왔을 때였다.

"어찌 잊을 수 있을까. 너는 곧 나였는데. 겉은 변했어도 눈은 변하지 않았구나. 그 눈이 있는데 무슨 증거가 필요하겠냐. 도, 보고 싶었다."

"나 역시."

한정유가 천천히 다가가 문호량의 어깨를 끌어당겼다.
그런 후 자신의 품에 안고 주르륵 눈물을 흘렸다.
보고 싶었다. 정말 보고 싶었어.
내가 떠나면서 가장 아쉬웠던 것이 너와의 이별이었다.
호량아.

눈물을 흘린 건 문호량도 마찬가지였다.
그는 한정유의 어깨를 끌어안고 한동안 움직이지 못한 채 뜨거운 눈물을 흘렸는데 그의 마음이 어떤 것인지 충분히 알 수 있었다.

부모님에게 인사를 한 후 문호량과 같이 집을 나와 곧장 술이 있는 곳을 찾았다.
회사에는 오늘 하루 휴가를 냈다.

굳이 술집을 찾을 필요도 없었다.
문호량은 곧장 강남으로 떴는데, 그가 지금까지 한 번도 보지 못한 눈이 번쩍 떠질 만큼의 고급 술집으로 데려갔다.

술집의 특징은 아침에 쉰다는 것이었다.
하지만 이 집은 문호량이 무슨 짓을 해놨는지 그들이 들어가자 정장을 입은 아가씨들이 서빙을 하며 술과 안주, 심지어 아침밥까지 준비한 채 기다리고 있었다.

"우리 친구 능력 좋고. 여긴 뭐 하는 집이야?"

"일도회에서 운영하는 술집. 룸싸롱이라고 부르는 곳이다."

"이런 곳은 처음 와본다."

"일단 마시자. 너와 다시 술을 마실 수 있다니, 정말 꿈을 꾸는 것 같구나."

술잔이 채워졌고 예전 그때처럼 단숨에 잔을 비웠다.

아가씨들은 부르지 않았다.

전생에 그들은 술 마시면서 여인들을 옆에 앉혀본 적이 없다.

문호량으로부터 전생의 이야기를 들었다.

그가 떠난 후의 일들에 대해서.

남겨진 사람들.

그를 사랑했던 여인들과 아들의 슬픔, 그리고 자신이 떠난 후 겪었던 내분과 암투.

자신이 떠났을 때 아들의 나이는 겨우 네 살이었다.

천하를 운영할 수 없는 나이였으니 무력이 모든 것을 결정하는 무림이 평화로울 리 없었다.

"반란을 일으킨 놈은 누구였나?"

"무천가와 혁천가, 종천가. 그리고 놈들의 추종 세력들이었어. 정말 길고 긴 싸움이었다. 마도십구패는 갈가리 찢겼고 사도련과 정의맹의 세력까지 가담하면서 무림은 혼돈 그 자체였어."

"후는?"

"내가 끝까지 지켰다. 내가 살아 있을 때까지 명맥은 남아 있었으나 결국 버티지 못했을 것이다. 그게 다 너 때문이야. 그리 쉽게 갈 줄은……."

어쩌면 당연한 일이다.

자신의 아들 후에게 아무것도 가르쳐 주지 못하고 지천에 올랐으니 천왕성의 뿌리가 아무리 깊다 해도 버틸 수가 없었을 것이다.

문호량의 이야기를 들으며 눈물을 흘렸다.

그래, 모든 것이 나로 인해 생긴 일, 모든 업보는 내가 짊어져야 한다.

사랑했던 사람들에게 잔인한 운명을 남겨준 죄인.

정말 미안하고, 미안하다.

문호량은 한동안 입을 닫은 채 한정유의 눈물을 지켜봤다.

어떤 말로도 위로할 수 없는 일.

비록 최선을 다했으나 그것으로 친구를 위로하기엔 너무나 부족했다

그의 입이 다시 열린 건 한정유의 눈물이 더 이상 흐르지 않았을 때였다.

"언제 왔냐?"

"1년 반 전에. 넌?"

"난 온 지 21년째야. 내가 막 오고 나서 괴물들이 나타나더군. 던전의 역사와 같이해 온 거지."

"오래되었네. 무공은 전부 회복했어?"

"시간이 오래되었으니까. 너는 아닌 모양이구나."

"아직, 내 머릿속에 피가 남아 있다. 교통사고를 당했다는데 뇌에 손상도 있어. 단전은 미평에서 벗어나지 못했고 아직 후정조차 깨지 못했다. 무공을 회복하려면 아직 시간이 더 필요해."

"천천히 해. 서두를수록 괴롭다는 거 알잖아."

"그건 그런데, 자꾸 자존심이 상하는 일이 생겨. 난 그걸 참을 수 없다."

"후정이 깨지지 않았다 해도 네 실력이면 아무나 어쩌지 못할 텐데?"

"이 세계엔 강한 놈들이 많더군."

"하긴, 제법 많지. 전생에서 시대별로 난다 긴다 하는 놈들이 많이 넘어왔으니까. 그래도 괜찮아, 나는 누구보다 너를 잘 안다. 그놈들이 아무리 대단해도 네가 무공을 되찾으면 과거의 영광을 재현하는 건 아무것도 아니야."

"당연하지. 난 마제 아니냐."

"그런데… 그동안 정체를 숨기고 장막 뒤에서 살아온 나를 어떻게 찾아왔어?"

이 질문에 대한 대답은 시간이 걸린다.

하지만, 한정유는 환생한 후 지금까지 있었던 일들을 하나씩 설명해 나갔다.

환생했더니 식물인간이었던 것부터, 피닉스 길드에 시험쳤던 일. 태풍OR과 괴물, 그리고 던전에 들어갔던 일까지.

문호량은 그의 말을 들으며 웃었다가 어떨 때는 인상을 썼고 던전에 들어갔던 내용을 말할 때는 놀라서 입을 다물지 못했다.

“정말 거기 들어갔어?”
“응.”
“역시 마제다. 겨우 그 정도의 무공을 회복했을 뿐인데 던전에 들어갈 생각을 하다니. 하긴, 마제의 배포가 어디 가겠나.”
“안 놀라네. 들어가 본 모양이지?”
“우린 궁금한 건 못 참잖아. 5년 전에 들어갔었어. 그러고서 더 이상 들어가지 않았다. 혼자의 힘으로는 무리라는 걸 통감했거든. 헬하운드 한 마리는 처단했는데, 3마리까지 나오는 걸 보고 돌아섰어. 그것들 정말 무시무시했다.”
“길드에서 방치하는 이유는 뭐야?”
“최대한 시간을 버는 것이지. 던전이 당장은 아니지만 언젠가 폭발한다는 걸 놈들도 알아. 그럼에도 쉬쉬하는 건 결국 자신들의 기득권을 놓치지 않기 위해서야. 지금 세상은 그놈들 것이니까. 던전이 열린 지 벌써 20년이 지났지만 달라진 것이 없으니 그런 생각들을 하는 거지. 요즘 던전의 색깔이 변하고 있어도 그동안의 경험으로 봤을 때 상황이 급격하게 바뀌지는 않을 거다.”

"궁금한 거 하나 물어보자. 괴물들이 OR 방어선까지 뚫고 내려오는 것도 길드 짓이지?"

"역시 똑똑해. 맞아, 길드 이 새끼들은 고의로 괴물들을 내려보내. 그래야 국민들이 길드를 믿고 의지할 테니까."

"그럴 줄 알았어."

"얘기를 들어보니까 질풍조를 박살 냈다며, 강북파도 마찬가지고. 날 찾기 위해 그랬던 건 아닌 것 같은데, 이유는?"

"길드를 만드려고."

"길드는 왜?"

"길드를 만들어야 이 세계에서 당당히 싸울 수 있으니까. 너도 알겠지만 지금 길드는 새판 짜기에 들어간 것 같아. 무력이 법에 앞서는 세상이라면 마제가 가만히 앉아 있을 수는 없는 거 아니냐."

"그래서 흑사회를……. 똑똑해. 옛날과 달라진 게 하나도 없어. 핵심을 찌르는 건 여전하구만."

"난 그럴 것이라는 감만 잡고 있어. 길드의 새판 짜기에 대해 자세하게 말해 봐."

"우리가 살던 무림이나 이곳은 마찬가지야. 이미 현실의 법은 괴물들이 무차별적으로 쏟아져 나오면서 무력화되기 시작했어. 결국 강자만이 살아남는 시대가 곧 돌아오는 거지. 그리고 지금은 각성자들의 힘이 팽창할 대로 팽창해서 터지기 일보 직전이다. 현재는 길드에 묶여 있으나 무림은 무림대로, 마법은 마법대로 새로운 틀을 짜기 시작했어. 칼은 들고 있으면 휘두르고 싶은 게 인간의 욕망이니까."

문호량의 이야기는 간단하고도 복잡했다.

현재 각성자들의 주류는 무림에서 넘어온 자들이었고, 마법과 초능력 쪽은 그에 비해 현저히 적었다.

특히, 초능력 쪽은 이 세계 자체에서 태동된 자들인데 특출한 몇을 빼고는 세력이 거의 없다는 게 그의 설명이었다.

결국, 길드의 주류는 무림에서 온 자들이고 그 세력들이 점점 세력을 재편하고 있다는 것이다.

"이미 우리나라에 있는 20개의 길드는 어느 정도 계열별로 정리된 상태였다. 그것이 또다시 재편되는 거야. 끼리끼리."

"세계적으로?"

"당연한 거 아니겠어. 각성자들은 여기만 있는 게 아니거든. 이미 전 세계적인 재편 작업이 시작된 것 같아. 문제는 던전인데……. 던전에 변화가 없다면 곧 칼춤이 시작될 거야. 천하를 움켜쥐고 싶어 하는 놈들에 의해서."

역시 예상대로다.

법이 사라진 시대. 길드가 곧 정의고 권력이라면 그런 시대는 분명히 온다.

인간의 욕망은 끝이 없고 힘을 가진 자는 다른 자 위에 군림하려는 야망을 꿈꾸니까.

"우리가 살던 무림보다 판이 크구나. 강한 놈들도 더 많을 거고."

"당연히, 훨씬 커. 세계가 전부 전장이 될 테니 훨씬 클 수밖에."

"거기에 괴물까지. 정말 재밌는 한판이 될 것 같아."

"할 거냐?"

"해야지. 이렇게 재밌는 판에서 손을 놓고 구경한다는 걸 말이 안 되잖아. 안 그래?"

"시작은?"

"길드를 만드는 것부터."

"시간이 필요해. 놈들의 저력은 만만치 않아. 네 무공도 완전하지 않은데 무리하면 탈이 생긴다."

"알아. 하지만 시작을 해야 힘을 키워 나갈 수 있다."

"그렇긴 하지."

"일단 네 힘을 빌리자. 이것들이 길드 자격 조건을 워낙 까다롭게 해놔서 말이야."

"걱정 마. 그 정도는 충분하니까. 네가 온 이상 그건 곧 내 일이다. 그동안 길드를 만들지 않은 건 힘이 없기 때문이 아니었어. 나는 돌아가는 상황을 관망했을 뿐이야. 새판이 시작되기를 바라면서. 하지만, 이제 네가 왔으니 시작해야지. 천왕의 영광을 위해."

"피가 끓는군."

"나 역시 마찬가지다."

정말 오랜 시간 술을 마셨다.

아침부터 시작된 술자리는 하루 종일 계속되었는데, 김도철까지 합류한 것은 저녁 무렵이었다.

"인사해. 여기서 사귄 친구. 네가 없을 때 내 옆을 지켜줬다. 오랜 시간을."

김도철이 문을 열고 들어오자 한정유가 손을 잡고 이끌어 문호량의 앞으로 데려왔다.

어색해진 분위기.

마흔 살은 훌쩍 넘은 남자를 향해 거침없이 말하는 한정유의 태도에서 김도철은 잠시 당황한 모습을 보이다가 얼떨결에 내밀어진 손을 잡았다.

"정유한테 이야기 많이 들었어. 뭐 해, 앉아. 정유 친구면 내 친구이기도 하니까 말 편하게 하자. 난 문호량이라고 해."

"김도철입니다."

"손이 단단하네. 정유야, 나한테 제대로 말 안 한 것 같구나?"

"보면 알 텐데, 뭐 하러 입으로 떠들어."

"하긴, 그렇지."

문호량이 빙그레 웃으며 잡았던 손을 놓았다.

그러나 김도철은 앉지 않은 채 문호량을 빤히 바라보았다.

잡았던 손에서 내공이 솟구쳐 올라와 자신의 팔뚝까지 침입해 왔기 때문이다.

도발이다.

무인에게 내공을 쐈다는 것은 금기 중의 하나니까.

"문호량이라고 했나. 처음부터 말을 까고 실례까지 범하는군. 말을 까는 건 제대로 소개하고 술잔을 부딪쳐서 마음이 동한 후에 하는 거야. 그리고 함부로 내공을 쓰면 그 손목이 절단날 수도 있어. 그 정도 룰은 알고 있지 않아?"

"푸하하. 정유야, 어디서 이런 놈을 얻었냐?"

"얻은 게 아니라 빌붙어 살았다고 했잖아. 도철이를 만만히 보지 마라. 쟤, 대단한 놈이야."

"알고 있어. 올라가던 내공이 다시 내려오더라."

"도철아, 이 친구가 장난한 거야. 그러니까 화 풀고 그만 앉으면 안 될까?"

"사과부터 해. 그게 순서다."

"아, 미안. 정유 말대로 장난삼아 해본 거야. 워낙 친하다고 해서, 또 네 실력이 얼마나 되는지 궁금했고. 아까도 말했지만 정유 친구면 나에게도 친구다. 그러니까 그만 화 풀고 앉아."

문호량이 두 손을 들면서 웃자 그제야 김도철이 천천히 자리에 앉았다.

그가 이해하기엔 많은 것들이 필요했다.

하지만, 한정유는 전생의 이야기를 꺼내지 않았다.

그의 이야기를 꺼내면 김도철의 이야기도 꺼내야 된다. 그리되면 얼마나 복잡해질지 아무도 몰랐다.

그래서 각성자들은 자신의 이야기를 꺼내지 않는다는 걸 나중에야 알았다.

"호랑이는 내 친구다. 자세한 이야기는 말하지 않을 거야. 너도 이해할 테니까."

"응."

"천왕회주가 호랑이의 정체다. 저번에 일도회에 갔을 때 너도 들었지?"

"대충 짐작은 했어. 그래도 이렇게 갑자기 만날 줄은 몰랐네."

"어쩔래?"

"뭘?"

"내 친구다. 나는 호랑이가 네 친구가 되기를 바라는데?"

"난 괜찮아. 그러잖아도 너를 혼자 감당하기 힘들었는데 잘됐다. 이런 친구가 있으면 나야 땡큐지."

그때부터 또 술을 마셨다.

많은 이야기들이 오고 갔으나 술이 과하면서 무슨 말을 했는지 기억도 나지 못할 정도로 마셨다.

오랜만에 실컷 웃고 떠들었다.

마음을 주고 받을 수 있는 친구들과 술을 마시는 건 세상 어떤 일보다 즐거운 일이니까.

김도철은 술이 약했기 때문에 자정이 되자 쓰러져 자연스럽게 술자리가 파장을 맞이했다.

"후우… 호량아, 얘네 집 영등포다. 데려다줘."
"너는?"
"난 여기서 잘란다. 너무 마셨나 봐."

많이 마시긴 했다.
탁자에는 양주병이 마구 굴러다녔는데 보이는 것만 20병이 넘었다.

"같이 잘까?"
"미친놈. 아무리 그래도 널 껴안고 자겠냐."
"나머지는 내가 알아서 할 테니까 그럼 푹 쉬어."
"그래."

문호량이 자리에서 일어섰다.
그 역시 술에 취했던지 걸음걸이가 불안정했다.
초극의 고수였으니 주독을 몰아내는 건 어렵지 않은 일이었으나, 그도 한정유도 그렇게 하지 않았다.
술은 술로써 마셔야 한다는 게 언제나 그들의 생각이었고 김도철도 마찬가지였을 것이다.

문호량이 문을 열고 나간 후 얼마 지나지 않아 검은 양복을 입은 사내들이 들어와 김도철을 부축하고 나갔다.
저 자식. 아마, 정신을 차리고 있으면서도 그냥 몸을 맡기고 있는 건지도 모른다.

더 마시자고 그럴까 봐.

김도철이 룸을 빠져나가는 걸 보면서 한정유도 일어났다.

비틀.

다리가 풀려 발걸음이 원활치 않았다.

몸은 노곤했고 주기로 인해 무기력 증세가 왔으나 밝게 웃으며 걸었다.

문호량은 그냥 가지 않고 한정유가 호텔에 올라와 방으로 들어갈 때까지 따라왔다.

"이젠 그만 가봐. 난 여기서 자고 내일 출근할 거니까."

"그럼 자라. 길드 일은 내가 알아서 서서히 조치할 테니까 걱정하지 말고."

* * *

최적의 조건이 완성되었다.

문호량이 호텔에서 빠져나와 사라지는 걸 확인한 서찬호의 얼굴에서 희미한 웃음이 새어 나왔다.

명령을 받은 후 며칠 되지도 않았는데 이런 기회가 찾아왔으니 저절로 웃음이 피어났다.

"호수는?"

"1703호입니다."

"흑암은?"

"호텔 주변에서 대기하고 있습니다."

"준비하라고 해."

"예, 보스."

김동영이 무전기에 대고 명령을 내리는 걸 지켜본 서찬호가 천천히 담배를 꺼내 들어 불을 붙인 후 허공을 향해 길게 연기를 뿜어냈다.

은월각주로부터 내려온 명령.

최근 들어 2달 동안 아무런 일 없이 쉬고 있었기에 몸이 근질거리는 상태였는데 명령이 내려오자 활력이 돌아왔다.

더군다나 상대는 최근 화제가 되었던 태풍OR의 한정유였다.

정보팀에서 받은 정보로는 놈의 무력이 스페셜 마스터급에 달할 만큼 무시무시한 고수라고 들었다.

그랬기에 은월각 소속의 흑암을 전부 가동했다.

흑암의 인원은 10명.

하나하나가 골든헌터급의 고수였으나 그들이 진정으로 무서운 것은 살인에 최적화된 상황과 여건을 만드는 전문가들이기 때문이다.

더군다나 그들에겐 적을 무력화시키는 비장의 무기가 있었다.

바로 몽연향이다.

몽연향은 대상자의 몸을 제압해서 정신을 차리지 못하게 만드는데 무색무취라 언제 당했는지도 모른다.

그러고 보면 세상에는 대단한 고수들이 많았다.

대부분의 고수들이 길드에 포함되어 있다는 건 잘못 전해진 일이다.

아직도 많은 고수들이 암암리에 세상에서 활보하며 자신들의 영역을 구축하고 있었다.

그 대표적인 놈들이 흑사회와 은밀하게 활동하고 있는 사량회였다.

흑사회는 기업을 만들어 양지에서 활동하기 때문에 부딪칠 일이 많지 않았지만 사량회는 각종 악질 범죄에 관여하며 돈을 쓸어 모았기에 벌써 20여 명이나 처단했다.

마약, 장기거래, 살인 청부 등 사량회가 하는 짓은 최악 중의 최악이었기에 길드협회에서 내려온 명령 중에 상당수는 사량회에 관한 것들이었다.

물론 아닌 것도 많다.

길드협회는 무소불위의 단체였으니 대항하는 자들은 가차 없이 처단해 왔기 때문이다.

자신들이 해치운 자들 중에는 한정유 정도의 고수들이 여럿 있었다.

그럼에도 실패한 적이 없다.

흑암은 죽을 수밖에 없는 상황을 만들어 완벽하게 기습했기 때문에 대부분의 대상들은 제대로 반격조차 하지 못하고 죽음을 맞이했다.

그리고 이번엔 스페셜 마스터조차 감당하지 못할 인원이 왔다.

정면 공격을 하더라도 충분할 정도로 흑암의 인원이 전부 투입되었기 때문이다.

"배치 끝내고 준비 시작했습니다."

"오케이, 현재 시각 12시 28분. 놈이 완벽하게 잠에 빠지는 시간. 정각 2시에 친다."

"알겠습니다."

* * *

한정유는 방으로 들어온 후 옷만 벗고 침대에 누웠다.

씻지도 않았다.

귀찮기도 했지만 몸이 노곤해서 그냥 이대로 잠들고 싶었다.

두 눈을 감자 스르륵 잠이 몰려왔다.

희미한 미소.

사랑하는 친구를 만났다는 감격과 전율이 아직도 생생해서 술에 취했음에도 미소가 지워지지 않았다.

오늘은 달콤한 꿈을 꿀 수 있을 것 같다.
그 옛날, 아름다웠던 그 시절처럼.

꿈결 속에서 바람이 느껴졌다.
청량한 바람이었다면 감각이 곤두서지 않았을 것이다.
온몸을 경직시키는 냉기.
더군다나 알 수 없는 무형의 기운이 침투하면서 무극진기가 맹렬하게 휘돌아치기 시작했다.
무극진기는 외부에서 흘러들어 오는 불순한 기운을 차단하는 효능이 있었다.
그럼에도 정신이 돌아왔을 땐 몸이 무기력했고 머리가 어지러웠다.
이미 몸에 침투한 불순한 기운이 무극진기가 발동하기 전에 육체를 잠식한 것이 틀림없었다.

본능적으로 옆으로 구르며 침대에서 내려왔으나 이미 늦었다.
급소는 피했으나 옆구리와 가슴에 검이 박혔다.
지긋지긋하도록 차가운 검의 감촉.

피가 솟구쳐 올랐으나 한정유는 그대로 몸을 뒤집으며 목을 찔러오는 검을 쳐낸 후 팔꿈치로 상대의 목을 쳐올렸다.

빠각!

하지만, 몸이 완벽하게 회복되지 않은 상태였기에 뒤쪽에서 날아온 비수를 미처 다 피하지 못했다.

어깨에 비수가 박히는 순간 팽이처럼 돌며 단천열화권의 3초식 추(鎚)를 터뜨려 상대를 날려 버린 후 뒤로 훌쩍 물러나 침대 머리를 밟고 올라섰다.

방으로 들어온 놈들의 숫자는 4명.

추(鎚)에 적중되었던 놈들이 비틀거리며 바닥에서 일어서는 게 보였다.

결코 만만한 자들이 아니라는 뜻이었다.

세 군데에서 쏟아져 나오는 피가 흘러 방 안을 붉게 만들고 있었는데 상태가 좋지 않았다.

특히 잠결에 당한 옆구리와 가슴에서는 분수처럼 피가 흘러나왔는데 다행히 내장은 상하지 않았지만 최악의 상황이었다.

이런 상처가 더 무섭다.

칼로 베인 것보다 몸 안으로 검이 들어온 것은 인체의 움직임을 훨씬 더 제어시키고 치료도 훨씬 어렵다.

"흐으, 너희는 누구냐?"

"그냥 죽어. 힘들게 하지 말고."

"길드는 이런 짓을 하지 않을 테니 감찰단이겠구나. 그렇지?"

말을 하면서 무극도를 찾았다.

한쪽 구석에 놓인 무극도는 이미 살수들의 손에 넘어간 상태였다.

살수들의 공격이 다시 시작된 것은 한정유의 질문이 끝나면서부터였다.

더 이상 대화하지 않겠다는 뜻.

넷이 동시에 몸을 날려 침대 난간을 밟고 있는 한정유를 향해 검을 찔러왔다.

교묘한 공격.

동시 공격이 아니라 약간의 시간차를 두었는데 노리는 곳이 전부 달랐다.

반격을 염두에 둔 시간차 공격이다.

이런 공격은 상대의 반격에 따라 임기응변이 가능하고 상황에 따라 공격 부위를 전환시킬 수 있다.

더군다나 놈들은 전부 골든헌터급 이상이라 비수에서 하얀 검기가 매달려 있었다.

먼저 들어온 비수를 향해 광(光)을 터뜨리는 동시에 탄(彈)까지 퍼부었다.

시간은 자신의 편이 아니었다.

얼마나 많은 놈들이 온지 알 수 없다.

더군다나 옆구리와 가슴 쪽의 상처가 너무 커서 최대한 빨리 승부를 볼 필요성이 있었다.

쾅, 쾅, 콰앙!

단천열화권에 7성의 내공을 담아 세 방향에서 공격해 온 놈들의 전신을 향해 십칠권을 내질렀다.

폭발 소리와 함께 공격해 왔던 놈들의 신형이 밀려 나갔다.

내공을 사용하자 상처에서는 화살처럼 피가 솟아지고 있었다.

놈들이 쳐박히는 순간 무극도를 손에 넣고 칼을 빼 들었다.

권에 당했던 놈들이 다시 공격하기 위해 재정비하는 게 보였다.

가차없이 전진했다.

전생에도 살수들의 공격을 받았지만 이 정도까지 위험에 몰린 적은 없었다.

분노가 머리 끝까지 치밀어 올라와 이성이 상실되었다.

섬전십삼뢰 3초식 풍뢰(風雷).

재차 공격해 오는 놈들을 향해 무극도의 도기가 물밀듯이 밀려 나갔다.

살수들의 몸이 떠올랐다.

권에 얻어맞았음에도 침입자들은 금방 신체를 회복하고 전방위로 퍼져 나가며 한정유를 노렸다.

방 안의 모든 것이 쑥대밭으로 변해갔다.

내공이 가득 담긴 풍뢰(風雷)의 위력으로 벽이 쩍쩍 갈라졌고 집기들이 통째로 날아갔다.

무시무시한 격돌.

살수들의 공격은 마치 독수리가 먹이를 노리는 것처럼 사방위에서 날아왔는데 튀어나온 검기들이 새하얀 광채를 빛내며 무극도와 마주쳤다.

하지만, 그것이 놈들의 실수다.

시간을 끌면서 공격을 해왔다면 더욱 어려웠을 텐데 정면 승부를 해줬으니 너무나 고마웠다.

한정유가 무극도에서 빠져나온 풍뢰(風雷)가 침입자들의 비수를 뚫고 전진해 나갔다.

동귀어진의 수법으로 날아온 살수들의 비수가 먼저 쪼개졌고 뒤따라 날아온 육신까지 박살 나며 사방으로 비산했다.

피비린내가 진동했다.

살수들의 시체에서, 그리고 한정유의 몸에서 쏟아져 나온 피로 방 안은 온통 붉게 물들어갔다.

급히 혈도를 짚어 피를 막았으나 워낙 깊은 상처였기에 지혈이 쉽지 않았다.

더군다나 뒤쪽 어깨의 상처는 아예 지혈조차 하지 못했다.

헉, 허억, 헉.

가쁘게 올라오는 숨결.

치명적인 부상을 입은 상태에서 무리하게 내공을 끌어 올렸기 때문에 온몸이 천근처럼 무거워져 갔다.

더불어 찾아오는 끔찍한 고통.

급히 바지를 걸친 후 전화기를 들었다.

본능적인 감각으로 이것이 전부가 아니란 판단이 내려졌다.

저 문밖.

어쩌면 이 호텔 전체는 자신의 목숨을 뺏기 위한 지옥으로 변해 있을지 모른다.

신호가 갔지만 저쪽에서는 전화를 받지 않았다.

어쩌면 당연한 일.

지금 시각은 새벽 2시 10분. 이 시간에 금방 전화를 받을 리 없다.

예상처럼 문이 열리며 세 놈이 들어왔다.

피처럼 붉은 갑옷과 그와 어울리는 가면을 쓴 채.

손에 들고 있는 건 먼저 온 놈들과 다르게 뭉툭한 물체였는데 일반적인 무기가 아니었다.

그때 들고 있던 전화기에서 거짓말처럼 익숙한 목소리가 들려왔다.

—정유야, 무슨 일이냐?

"호랑아, 여기 처리 좀 해줘야겠다."

—무슨 소리야?

"어떤 놈들이 기습을 해왔어. 청소해 놓을 테니까 네가 뒷처리 좀 해. 내가 조금 다쳤으니까 빨리 와줬으면 좋겠어."

—정유야!

문호랑이 미친 사람처럼 소리를 질렀으나 한정유는 전화기를 침대에 툭 던져 놓고 들어온 자들에게 시선을 돌렸다.

붉은 가면을 쓴 자들의 기세가 또 다르다.

이번에 들어온 놈들은 처음 기습한 자들보다 더 날카로운 기세를 지니고 있었다.

그럼에도 한정유는 고개를 한 차례 흔들고 이를 드러내며 웃었다.

"뭐 해. 왔으면 판을 벌려야지. 설마 내가 피를 다 쏟아내고 스스로 죽을 때까지 기다리는 거야?"

"그 몸으로 이런 짓을 했다니 놀랍군."

복면을 쓴 흑암팀장 김동영의 입에서 쇳소리가 흘러나왔다.

한눈에 봐도 기습은 성공했다.

당연하다.

몽연향을 먼저 뿌려 정신을 차리지 못하도록 만든 후 창문을 통해 귀신같이 침입했으니 오히려 단박에 죽지 않은 것이 이상한 정도다.

더군다나 앞쪽의 두 군데는 치명적이라 아직도 피가 줄줄 흐르는 중이었다.

그런데도 흑암 1조를 전부 박살 냈으니 눈앞에 있는 놈이 괴물로 보였다.

하지만 놈은 결국 죽는다.

몸에서, 얼굴에서 나타나는 황변 현상은 놈의 상태가 얼마나 치명적인지 가르쳐 주고 있기 때문이었다.

"시작해."

김동영이 칼을 앞으로 치켜드는 순간 명령을 받은 조원들이 양쪽으로 나뉘며 빠르게 치고 들어갔다.

그 뒤를 따라 빈 공간을 차단했다.

놈이 빠져나오는 순간 단칼에 목을 베기 위함이었다.

한정유는 양쪽에서 공격해 오는 자들 손에 들린 뭉툭한 막대기가 자신에게 향하는 순간 현천보를 이용해서 좌측으로 튀어 나갔다.

쉬익, 쉭… 쉬익… 쉭.

예상이 맞았다.

놈들이 들고 있던 막대기에서 뱀이 우는 소리가 들리면서 총알이 쏟아져 나왔다.

바보 같은 놈들.

총이 사람의 목숨을 끊는 데 뛰어난 살상력을 가졌지만 그건 일반인들에게 국한된 것일 뿐, 무공을 익힌 고수들에게 쓸 때는 오히려 독이 된다.

총이란 무기는 선제공격이 실패하는 순간, 반격을 당할 때 대처가 어렵기 때문이었다.

한정유는 현천보를 극으로 펼쳐 총알을 피한 후 무극도를 좌우로 뿌렸다.

지금까지 이 세계에 와서 한 번도 펼치지 않았던 섬전십삼뢰 제5초식 수혼(搜魂)이었다.

수혼은 다수의 적을 한꺼번에 살상하는 데 최적인 초식으로 순식간에 사방위로 18번의 칼질이 날아간다.

더군다나 한정유는 최대한 빨리 끝내기 위해 7성의 내공을 담았기 때문에 총을 들고 있었던 놈들은 방어조차 하지 못했다.

당연히 두 놈은 피떡이 되어 뒤로 주르륵 물러나 뻗었다.

하지만, 그것이 함정이란 건 뒤늦게 알았다.

어쩐지 너무 허술하다고 생각했는데 수하들의 목숨을 담보로 이런 전술을 구사할 줄은 미처 생각하지 못했다.

무극도가 두 놈을 처단하는 순간 뒤늦게 날아온 김동영의 칼이 그대로 허공에서 떨어지며 한정유의 몸을 노렸다.

초식의 연환.

뒤로 물러난 한정유의 무극도가 절묘한 변화를 보이며 독사처럼 날아온 칼을 쳐냈지만 이미 왼쪽 팔에서는 피가 흘러나오기 시작했다.

함정에 걸린 것도 있지만 치명적인 부상이 몸을 원활하게 움직이지 못하도록 방해했기에 완벽하게 차단하지 못했다.

순식간에 날아온 십삼도.

공격해 온 자의 무력이 이중에서 가장 강하다.

하지만 그 역시 한정유가 피하면서 날린 무극도에 의해 가슴이 절반이나 잘렸다.

그럼에도 놈의 칼이 윙윙 울어댔다.

치명상을 입히지 못했다는 뜻이다.

"대단하구나. 하지만, 넌 여기서 살아 나가지 못해!"

다시 날아온 칼.

최후의 초식을 펼친 김동영의 칼이 방 안에 푸른빛을 뿜어내며 작렬했다.

자신의 몸을 전혀 돌보지 않은 채 오직 적의 숨통을 끊는 수법.

바로 동귀어진이다.

도대체 이자들은 어떤 훈련을 받았기에 목숨조차 도외시하며 자신을 죽이려 하는 것일까.

동귀어진을 피하는 방법은 간단하다.

압도적인 힘으로 찍어 눌러 적의 공격을 처음부터 박살 내는 것뿐이다.

피가 너무 빠져나갔나.

아니면 정신을 혼미하게 만들었던 몽연향의 효과가 아직 남아 있는 것일까?

칼이 흔들린다.

그만큼 상태가 좋지 않다.

무극도를 들고 다가오는 적의 숨결을 느꼈다.

그리고 폭발적으로 전진하며 2초식 뇌전(雷電)을 펼쳐 적의 칼을 향해 돌진했다.

콰앙… 쾅. 쾅. 콰앙!

적의 칼과 부딪친 무극도가 거침없이 전진했다.

칼이 부딪칠 때마다 김동영의 칼은 부서져 나갔고 최후의 순간 손목과 팔까지 동시에 잘렸다.

그리고 마지막 순간. 김동영의 머리가 거짓말처럼 떨어졌다.

지옥이 따로 없다.

일곱의 시체와 혈인으로 변한 한정유의 몸이 합쳐져 온 방에 피비린내가 가득 찼다.

"헉… 헉……."

가쁘게 차오르는 숨.

기습을 당해 치명적인 부상을 당한 상태에서 일곱 명의 골든 헌터급을 처단하고 나자 숨이 끊어질 것처럼 호흡이 급해졌다.

내공이 제대로 이어지지 않는다.

사혈은 피했지만 주요 혈도들이 손상을 입으며 내공의 흐름을 방해했기 때문이다.

시신들을 건너 방을 빠져나왔다.

직감이 이대로 끝나지 않을 거란 경고를 지속적으로 보내왔다.

길고 긴 복도.

아무도 없는 복도를 따라 걸어갔다.

가장 좋은 방법은 최대한 빨리 이곳을 빠져나가는 것이었으나 한정유는 천천히 걸어 복도의 중간에 섰다.

얼마나 왔는지 모르겠지만 이곳이 최적의 장소다.

자신의 숨통을 끊기 위해 몇 가지를 준비했는지 모르겠지만 결국 마지막은 여기라는 판단이 들었다.

다시 한번 혈도를 짚어 상처를 지혈하고 무극도로 바닥을 짚은 채 기다렸다.

그러자, 복도 끝에서 온통 붉은색으로 치장된 놈들이 천천히 걸어 나왔다.

"너희들이 끝이냐. 혹시 더 있나?"

"없어. 우리가 마지막이다."

"다행이군."

"하아, 이 정도일 줄 알았다면 우리만 오지 않았을 거야. 너는 내가 본 놈들 중에서 최고다."

"살수 놈들에게 칭찬을 다 받다니 웃기는구만. 네가 대가리냐?"

"맞아."

"뭐, 기다리는 거 있나. 너희도 바쁠 텐데 슬슬 시작해야 되지 않냐. 내가 많이 아프다. 오랜만에 찔렸더니 아파 죽겠어."

"금방 그 고통은 사라질 거다. 죽으면 모든 게 끝나니까. 그럼 잘 가."

"과연 누가 갈까. 쓰러지는 놈이 가는 거잖아. 안 그래?"

놈들이 공격해 오기를 기다리지 않았다.

온몸에서 끔찍한 통증이 아우성을 쳤으나 한정유는 무극도를 전진세로 만든 후 현천보를 펼쳐 바람처럼 앞으로 튀어나갔다.

정면 대결.

이제 더 이상 견디기가 힘들다.

최대한 빠른 시간 내에 적들을 죽이지 않으면 쓰러지는 건 자신이 될 것 같았다.

온 내공을 전부 끌어 올려 무극도에 담았다.

그런 후 제6초식 은하(銀河)를 꺼냈다.

무극도가 하나에서 둘로, 그리고 넷에서 여덟 개로 나뉘더니 셀 수 없는 유성이 되어 적들을 향해 날아갔다.

적들 역시 한정유의 선제공격에 위험을 느꼈던지 폭발적으로 마주 튀어나왔다.

두 놈은 벽을 탔고 하나가 복도의 정면을 맡은 채 다가왔다.

변형된 삼각진.

둘은 측면을, 나머지 하나가 주공이다.

크르릉, 파앙… 팡. 팡!

유성이 공간을 장악하며 측면에서 날아온 자들의 칼을 쳐내는 순간 불쑥 정면에 있던 자의 장검이 상단의 주요 사혈들을 노리며 다가왔다.

이를 악물었다.

내공이 끊어졌다 이어지기를 반복했으나 한정유는 마지막 내공까지 끌어 올려 마주 부딪쳐 나갔다.

연환과 집중.

양쪽에서 공격해 온 자들이 은하에 의해 튕겨져 나가는 순간 한정유는 제3초식 풍뢰(風雷)를 펼쳐 놈의 장검과 정면승부를 결행했다.

여기서 반드시 죽여야 한다. 그렇지 않으면 자신이 죽는다.

마지막 상대는 골든헌터급에서도 상위에 있는 자다.

골든헌터급도 같은 골든헌터가 아니라는 것은 놈의 장검이 고스란히 말해주고 있었다.

뻗어 나온 검기는 일 척에 달했고 살기로 뭉쳐 있는 공격 초식은 전방위를 전부 장악한 채 빛살처럼 날아왔다.

콰앙!

은은한 뇌성과 함께 풍뢰(風雷)가 장검과 교차하며 수십 번의 충돌을 일으켰다.

초식의 교환되는 순간은 찰나이자 영원이 되어 두 사람의 목숨을 결정했다.

쿵.

사내의 가면이 반으로 잘리며 고꾸라졌다.

자신 역시 놈의 장검에 당해 가슴이 길게 찢겨 피가 분수처럼 솟구쳐 올라왔다.

그럼에도 한정유는 마지막 힘을 쥐어짜 은하에 당해 비틀거리며 일어서고 있는 두 놈을 향해 신형을 움직였다.

쐐액… 쫘르륵, 파앙!

안간힘을 쓰면서 공격하기 위해 칼을 치켜들던 두 놈의 머리통이 한정유의 염라(閻羅)에 의해 날아갔다.

이제 끝난 건가.

"훅… 후욱. 훅, 훅."

칼을 짚고 겨우 서 있다가 천천히 자리에 주저앉았다.

그리고 힘들게 손을 들어 올려 혈도를 짚어 지혈했다.

눈이 침침해지고 무거워졌으나 혀를 꺼내 입술을 핥아낸 후 무극도를 무릎에 올려놨다.

나는 쓰러지지 않는다.

절대.

*　　　*　　　*

문호량은 자다가 한정유의 전화를 받은 후 박차고 일어나 그대로 집을 뛰어나왔다.

손에 든 것은 오직 하나.

자신의 검, 유혼뿐이었다.

기습.

그 오랜 세월 만에 만난 친구 놈이 기습을 당했다는 말을 듣자 머리가 하얗게 변했다.

더군다나 다쳤단다.

자신의 친구는 웬만한 부상 정도로 다쳤다는 말을 하지 않는다.

따라서, 지금 상황이 최악이란 의미였다.

천왕회의 특수부대 비천에 비상을 걸어 호텔로 오라는 명령을 내린 후 직접 플라잉카를 타고 날아갔다.

마음이 급했기에 그토록 빠르다는 플라잉카가 거북이처럼 느리게 움직이는 것 같았다.

바보 같은 놈이다. 나는.

한정유가 예전, 무적의 고수 마제가 아니라는 생각을 왜 하지 못했을까.

거기다가 한정유는 자신과의 회포 때문에 고스란히 술기운을 몸으로 받아들인 상태에서 방으로 들어갔다.

암습을 받았다면 정말 최악의 상황에 몰릴 수밖에 없었을 것이다.

호텔에 도착한 후 그대로 계단을 타고 올라갔다.

엘리베이터는 고장 난 상태였는데, 놈들에 의해 정지된 것이 분명했다.

한정유가 머문 17층은 스위트룸이 있는 곳이다.

방은 모두 합해 5개가 있었는데 나머지는 비워놨기 때문에 암습자들에겐 최적의 조건을 제시해 준 것이나 마찬가지였다.

계단을 타고 17층에 도착하는 순간 피비린내가 코를 찌르며 다가왔다.

"으……."

자신도 모르게 터져 나오는 신음.

시선에 잡힌 모든 것들이 붉은색 천지다.

시신들에게 쏟아져 나온 피들이 복도와 하얀 벽에 튀어 온통 붉은색으로 변해 있었다.

격전 정도가 아니라 이건 파괴의 현장이었다.

벽이 무너져 내렸고 그 강하다던 복도 대리석이 전부 깨져 나갔다.

일도회장 이만성에게 급히 전화해서 17층을 완벽하게 차단하라고 명령하지 않았다면 호텔은 난장판으로 변했을 게 분명했다.

멀리서 파괴의 현장을 넘어 눈으로 다가온 신형.

가부좌를 틀고 앉아 있는 남자. 온몸에 피가 도배되어 혈인으로 보였는데, 자신을 바라보는 시선이 너무나 익숙했다.

미친 사람처럼 달려갔다.

그리고 부들거리는 손으로 한정유의 몸을 쓰다듬었다.

"정유야, 나다. 내가 왔어!"

"허억··· 헉, 헉. 이 자식아, 죽은 다음에 오지 그랬냐."

"누구야. 어떤 개새끼들이야!"

"이제 네가 왔으니 조금 쉬어야겠다. 남은 놈들이 있을까 봐 천근처럼 떨어지는 눈을 막느라 힘들었어."

"으……."

눈을 감는 한정유를 바라보며 문호랑의 몸이 와들와들 떨렸다.

부상을 입었다는 말에 꽤 힘든 상황이라 생각했지만, 이건 그 정도가 아니었다.

가슴과 옆구리, 팔, 어깨, 다리.

성한 곳이 한 군데도 보이지 않았다.

뒤쪽에서 한 떼의 사내들이 나타난 것은 문호량이 한정유의 몸을 조심스럽게 둘러멨을 때였다.

뼈가 시릴 정도로 날카로운 기세를 지닌 자들.

천왕회가 보유하고 있는 특수부대 비천의 정예들이었다.

"회장님, 조금 늦었습니다. 그런데 이게 도대체……."

"일도회에 말해서 여기, 그리고 저 방은 쥐도 새도 모르게 치워."

"알겠습니다."

"이 새끼들 몸에 있는 건 하나라도 놓치지 말고 수거해서 정체를 알아내. 빚을 갚아야 하니까."

"조치하겠습니다."

"난 먼저 갈 테니 결과 나오면 즉시 보고해."

"어디로 가십니까?"

"안가로 간다. 안가의 경호는 상천대. 그리고 오늘 이 시간부로 천왕회의 모든 전투부대는 비상대기를 하도록. 무슨 뜻인지 알겠어?"

"예, 회장님."

명령을 내린 문호량이 한정유를 업은 채 복도를 빠져나가자 비천대장 유광철의 시선이 움직였다.

그러자, 5명의 사내들이 즉시 문호량을 앞뒤로 호위하며 계단을 내려가기 시작했다.

그 모습을 바라 본 유광철의 시선이 스산하게 변했다.

벌써 10년.

문호량을 옆에서 모신 지 10년이 지났으나 이토록 분노에 젖은 모습은 처음 본다.

거기다가 전투부대에 비상을 걸었다는 것은 상대의 정체를 파악하는 순간 피바람이 불게 된다는 뜻이다.

제19장
반격 I

문호량은 병원 대신 안가를 택했다.

상대가 누군지 모르지만 한정유를 노렸고 호텔이 박살 날 만큼 대단한 고수들을 보냈다면 절대 만만치 않은 세력일 것이란 판단 때문이었다.

그렇다면 노출된 병원은 안 된다.

놈들이 작정을 한다면, 자신이 옆에 있고 천왕회의 병력들이 철통같이 방어를 한다 해도, 어느 칼에 무력화된 한정유가 당할지 알 수 없었다.

그들이 상암에 있는 안가로 들어서자 30여 명의 병력들이 저택을 에워싼 채 맞아들였다.

천왕회가 보유하고 있는 특수부대 중 하나인 상천의 정예들이었다.

문호량의 지시는 칼날 같았고 행동 또한 잠시의 지체도 없었다.

그는 한정유를 침대에 눕힌 채 일단 내공을 흘려보내 몸 안을 살폈다.

다행히 검이나 칼, 총탄의 흔적은 발견되지 않았다.

다행이다.

하얗게 질려 있는 얼굴.

마치 시체처럼 창백해진 한정유의 얼굴을 보면서 문호량이 주먹을 말아쥐었다.

어떤 놈들이든 상관하지 않는다.

그토록 보고 싶었던 친구를 만난 지 하루 만에 잃어버릴 뻔한 그의 마음은 분노로 새까맣게 타오르고 있었다.

국내 최고의 외과의사 S대 병원의 정철기 박사가 들어온 것은 그들이 안가에 도착한 지 30분 정도가 지났을 때였다.

정철기 박사는 방으로 들어와 한정유의 상태를 확인하고 입을 쩍 벌렸다.

이건 안 죽은 게 신기할 정도였다.

가슴이 반으로 쪼개졌는데 피부가 찢겨 내장이 보일 정도였고 날카로운 비수로 찔린 상처들이 세 개나 있었다.

팔과 다리에 있는 상처는 그에 비해 아무것도 아니었다.

물론 일반 환자에게 나타났다면 그것도 무척 심한 부상이었겠지만 지금 한정유의 상태로 봤을 때는 그렇다는 이야기다.

"회장님, 어떻게 된 겁니까?"

"박사님, 아무것도 묻지 말아주십시오. 지금 당장 수술부터 해주시죠."

"여기서요?"

"저희 직원들이 수술 도구와 필요한 약품들을 준비해 올 겁니다. 그러니 여기서 해주시면 고맙겠습니다."

"단순한 수술이 아닙니다. 여기, 그리고 여기는 날카로운 것에 찔렸어요. 제가 봤을 때 칼이 아니라 검류인 것 같은데 파편이 있을 수도 있습니다. 정밀 검사부터 해봐야 어떤 수술을 할지 결정할 수 있어요. 회장님, 이러지 마시고 일단 환자를 병원으로 옮깁시다. 제가 가장 빠른 시간 내에 수술할 수 있도록 준비시키겠습니다."

"아닙니다. 제가 확인한 결과 이 친구의 몸에는 이물질이 없었습니다. 그러니 박사님은 봉합 수술만 해주시고 약을 처방해 주십시오. 나머지는 저와 이 친구가 해결할 겁니다."

"음……."

네가 의사도 아닌데 어찌 그리 잘 아냐고 물을 수가 없었다.

문호량.

그는 자신이 알고 있는 가장 무서운 인간 중의 하나였다.

의사인 그가 문호량을 만난 것은 5년 전 길드협회에서 주관한 '괴수 신체에 대한 특성 분석'이란 주제로 세미나가 열렸을 때였다.

길드의 마스터들까지 참여했고 정부와 정치인, 그리고 의학계와 동물 전문가까지 왔기 때문에 거의 500명이 참여한 세미나였다.

그때 처음 인사를 나눴으나 전혀 노출되지 않은 인물이었다.

수많은 유명 인사들이 득시글거렸음에도 세미나 기간 동안 그와 같이 붙어 있었던 건, 그의 인품이 훌륭했고 자신을 배려하는 모습에서 친근함을 느꼈기 때문이다.

그 이후 오랜 시간이 지난 후에 문호량의 정체를 알게 되었다.

자신이 알아낸 게 아니라 그가 스스로 자신의 정체를 말해줬는데 수시로 의사인 자신의 도움이 필요했기 때문인 것 같았다.

흑사회를 배후에서 조종하는 천왕회의 주인.

처음 듣는 존재였음에도 수많은 흑사회의 인물들이 그에게 고개를 조아리는 것을 보며 몸을 부르르 떨었다.

그는 단순한 중년 신사가 아니라 길드의 스페셜 마스터들도 어쩌지 못하는 무시무시한 고수였다.

매번 느끼는 것이지만 그의 힘이 어디까진지 알 수 없을 정도다.

불과 그가 방으로 들어온 지 10분도 지나지 않았는데 3명의 여자들과 2명의 남자가 수술 장비와 도구들을 세팅하기 시작했다.

한눈에 봐도 전문가들이었다.

마취에서부터 집도의인 자신의 동선을 완벽하게 고려한 도구 배치, 그리고 수술 순서까지 정확하게 꿰고 있었다.

무려 7시간이나 걸린 대수술.

장기 수술이 아니었음에도 워낙 상처가 컸기 때문에 수술이 끝났을 땐 정철기의 온몸이 땀으로 번들거렸다.

수술이 끝날 때까지 문호량은 잠시도 자리를 비우지 않았다.

가끔가다 그의 얼굴에서 떠오르는 격동을 보면서 환자와의 관계가 너무나 궁금했다.

문호량은 마치 자신의 몸에 상처를 입은 것처럼 정신을 잃어버린 환자 대신 끊임없이 신음을 흘려내고 있었다.

"고생하셨습니다."

"아닙니다. 그동안 회장님께 신세진 게 얼만데 고생이라뇨. 봉합 수술은 잘되었습니다. 문제는 내부의 손상인데 정말 괜찮겠습니까?"

"말씀드린 것처럼 나머지는 저희가 알아서 하겠습니다."

"문제가 생길 수도 있어요. 내부의 창상은 극도로 세밀하게 관리하지 않으면 목숨이 위험해질 수 있거든요."

"그것 역시 감안하고 있습니다. 자, 이것 받으시죠."

"이게 뭡니까?"

"새벽부터 나오셔서 고생하셨는데 그냥 보내드릴 수는 없습니다. 사모님과 맛있는 저녁이라도 하십시오."

"받지 않겠습니다. 돈 때문에 온 게 아니라는 거 아시잖습니까."

"그럼요. 알고 말고요. 이건 제 성의입니다. 보상이라고 생각하시면 오히려 제가 서운합니다."

"음… 그렇다면 받겠습니다."

"오늘 있었던 일은 절대 남에게 말씀하시면 안 됩니다. 만약 노출이 되면 박사님도 저도 무척 곤란해질 테니까요."

"알겠습니다."

문호량의 얼굴을 보며 정철기는 정중하게 인사를 하고 방을 빠져나왔다.

무슨 뜻인지 안다.

이런 사람들의 곤란함은 일반인이 생각하는 그런 종류가 아니라 목숨이 달려 있다는 뜻이다.

미리 대기하고 있던 플라잉카를 타고 가면서 가슴속에 들어 있는 봉투를 꺼내 확인했다.

빳빳한 수표 뭉치.
봉투에는 무려 3천만 원이 들어 있었다.

* * *

길드협회 은월각주 이호성은 사무실로 출근하는 대신 은월각의 비밀 기지로 향했다.
아침에 들려온 소식은 그의 발걸음을 급하게 돌릴 만큼 충격적이었다.

기지 안으로 들어서자 세 명의 남자들이 그를 맞아들였다.
은월각 총괄단주 손하성과 청류, 만강의 단주들이었다.

은월각은 3개의 공격 부대와 하나의 지원 부대로 이뤄져 있는데 총원이 불과 35명에 불과했다.
하지만 그들의 역량은 그게 다가 아니다.
길드협회의 모든 정보를 열람할 수 있고 예하에 200여 명에 달하는 정청들이 있었기에 그 어느 집단보다 정보 수집 능력이 탁월했다.

이호성은 자리에 앉자마자 급하게 입을 열었다.
아침에 결과 보고를 받은 후 뒤도 돌아보지 않고 기지로 달려왔기 때문에 그의 얼굴은 침중해질 대로 침중해진 상태였다.

"보고해 봐."

"흑암부대 전체가 사라졌습니다. 아무래도 당한 것 같습니다."

"그놈은?"

"역시 마찬가집니다. 현재 위치가 파악되지 않고 있습니다. 지금 서울에 있는 병원을 전부 조사하고 있는 중입니다."

"현장은?"

"들어갈 수가 없었습니다."

"왜?"

"호텔은 아무도 들어오지 못하게 전부 커버링되어 있었습니다."

"일도회냐?"

"저희들도 그렇게 생각하고 있습니다. 그쪽은 일도회의 영역이니까요. 그런데 한 가지 이상한 건 놈들의 행동입니다."

"답답하게 하지 말고 그냥 말해. 뭐가 이상하다는 거야?"

"커버링이 너무 완벽합니다. 사건 사고가 터져도 형사들이 가면 보통 현장은 보여주는데, 이번에는 아예 접근조차 못 하게 했답니다."

"음……."

흑암에 소속된 인원은 10명.

보통 작전은 3명에서 5명이 움직이지만 이번에는 10명 모두가 나섰다.

놈의 무력이 스페셜 마스터급에 근접했다는 것과 자신이 직접 명령을 내렸기 때문에 서찬호는 흑암을 전부 움직였다.

문제가 생긴 건 틀림없었고, 보고를 받은 대로 전부 소멸되었을 가능성이 컸다.

아니, 어쩌면 포로로 붙잡혔거나 치명적인 부상을 받고 은신해 있을 수도 있을 테지.

하지만 후자의 경우는 거의 가능성이 없었다.

정신만 살아 있다면 경과 보고는 철칙이니까.

그렇다면 다 죽거나 살아 있어도 포로가 되었다는 뜻이다.

그럼에도 도저히 이해가 되지 않았다.

흑암이 전부 움직였다면 스페셜 마스터와 정면으로 부딪쳐도 충분히 이겨낼 전력이지 않은가.

더군다나 흑암의 전문은 기습과 암습이었으니 정면 대결을 할 이유도 없었다.

"일단, 비선으로 들어온 게 있나 계속 확인해. 그리고 경찰을 이용해서 정식으로 들어가 보라고 해. 들어가는 경찰 쪽에 정청을 포함시켜서 제대로 조사하란 말이야."

"그렇지 않아도 조치해 놨습니다."

"그놈의 생사 여부가 중요하다. 어떤 방법을 동원해서라도 찾아내. 그리고 살아 있다면 무조건 죽여야 한다. 내 말 명심해. 은월각의 명예와 자부심이 달린 일이야. 반드시 찾아내서 죽이도록!"

*　　　*　　　*

김도철은 아침에 출근해서 한정유를 찾았다.

어제 너무 술을 많이 마신 것도 있지만 아침이 되면 커피를 마시는 것이 습관이 된 지 오래였다.

하지만 한정유의 모습은 어디에도 찾을 수 없었다.

어제 마신 술이 깨지 않아 어디에서 자고 있을 거란 생각이 들어 여러 번 전화를 했으나 받지 않았다.

아예 전화기를 꺼놓은 모양이었다.

걱정은 하지 않았다.

그럴 수도 있지. 어제 마신 술병만 생각하면 지금도 혀가 내둘러질 만큼 엄청난 양이었으니 뻗을 만도 했다.

핸드폰이 울리기 시작한 것은 점심을 먹기 위해 식당으로 걸어갈 때였다.

화면을 확인한 김도철의 표정이 슬쩍 변했다.

어제 술을 마시며 친구가 되기로 약속했던 문호량의 전화였기 때문이다.

"여보세요?"

—도철아, 나다.

"이제 술 깼냐. 어젠 고마웠다. 덕분에 잘 들어갔어."

—너 지금 이쪽으로 와야겠다.

"이쪽 어디? 갑자기 무슨 소리야?"

—정유가 많이 다쳤다.

"다치다니. 그놈이 왜?"

—기습을 받았어. 그래서 지금까지 큰 수술을 받았다. 빨리 와.

"지금… 거기 어디야!"

미친 듯이 뛰었다.

너무나 급했기 때문에 자신의 차를 내버려 두고 에어택시를 탔다.

상암동 월드컵 경기장에 내리자 기다리고 있던 사내들이 신분을 물어왔다.

그들이 대기시켜 놓은 차를 타고 안가에 도착한 김도철은 온몸을 붕대로 감은 채 의식을 잃고 있는 한정유를 확인한 후 두 눈을 부릅떴다.

이건 그냥 다친 게 아니다.

붕대로 감겨 있는 한정유의 몸은 꼭 미라를 보는 것 같았다.

"이게… 이게 어떻게 된 일이지?"

"어제 저녁, 호텔에서 살수들에게 기습을 받았어. 많이 다쳤다. 가슴과 옆구리를 검에 찔렸고 가슴 쪽 상처도 꽤 커. 팔, 다리는 그에 비하면 아무것도 아냐."

"자세하게 말해 봐!"

김도철의 추궁에 문호량이 오늘 새벽 자신이 봤던 것들을 하나씩 이야기했다.

전화를 받은 후부터 한정유를 둘러메고 여기까지 달려온 과정에 대해서.

이야기를 듣고 있던 김도철의 눈가가 부르르 떨렸다.

친구 놈이 악전고투를 하고 있는 동안 자신은 침대에서 편하게 잠을 잤다는 사실이 너무나 미안했다.

"도철아, 그 새끼들 몸에는 아무것도 나오지 않았어. 철저하게 훈련받은 놈들인 것 같아."

"으……."

"넌 그동안 정유와 같이 지냈으니 어쩌면 알 수 있을 것 같은데. 혹시 정유를 공격할 놈들이 있었나?"

"있어."

"누구?"

김도철의 입에서 한정유의 과거가 하나씩 흘러나왔다.

당연히 시비가 걸린 일들이었다.

피닉스 길드의 정도일부터 JK 길드 골든헌터를 팬 일, 그리고 던전에 들어간 걸 의심받아 감찰단과 싸운 일, 질풍조, 강북파, 일도회의 일까지 전부 꺼내서 말해주었다.

문호량의 표정이 변한 것은 감찰단이란 소리가 나왔을 때부터였다.

"그 새끼들이군."

"나도 그렇게 생각해. 하지만 감찰단, 이 새끼들이 대놓고 이런 짓을 하지는 않을 텐데?"

"그놈들은 직접 움직이지 않았을 거다. 다른 칼을 휘두른 거지."

"다른 칼이라면?"

"길드협회에는 은밀하게 움직이는 놈들이 있어. 은월각이라고 부르는 놈들이지. 길드의 이익을 위해 어둠 속에서 살아가는 조직이다."

"그렇다면 감찰단이 기획하고 은월각이?"

"그럴 가능성이 커. 감찰단주와 은월각주는 매우 친하니까. 그 두 놈은 공생 관계거든."

"이 씨발 놈들이……."

"넌 어쩔 테냐?"

"뭘?"

"정유가 저렇게 되었으니 내가 대신 피 값을 받아내야겠다. 그래도 도철이 네 의향은 물어봐야 될 것 같은데……. 같이할 테냐?"

"그럼 날 빼놓고 할 생각이었나. 난 네 전생이 뭐였는지 몰라. 알고 싶지도 않았고. 하지만, 내 전생 중 하나만 알려주지. 내 전생의 별호가 무정마검이었다. 무정마검은 무림에서 살아갈 때 핏값만큼은 반드시 받아냈어!"

무거운 분위기.

죽은 듯이 누워 있는 한정유를 바라보며 문호량과 김도철은 서로의 상념에 젖었다.

문호량의 기억에서 한정유는 마제 시절 목숨을 걸고 같이 싸웠던 주군 관계이자 더할 나위 없는 친구였다.

어린 시절부터 같이 뛰어놀았고 한정유가 지천에 달할 때까지 붙어 다녔으니 또 다른 자신의 목숨이나 다름없다.

김도철은 그와는 또 다른 관계였지만 느끼는 심정은 비슷했다.

환생을 한 후 고통 속에서 지냈던 그를 옆에서 지켜준 사람은 오직 한정유뿐이었다.

모든 것이 새로웠고 모든 것이 부족한 그를 한정유는 언제나 곁에서 지켜주며 함께했다.

새로운 환경에 적응하지 못하고 엉뚱한 행동을 해서 친구들에게 따돌림을 받아도 한정유만큼은 절대 그의 곁을 떠나지 않았다.

그런 놈이 폐인이 되어가는 과정을 지켜보며 얼마나 가슴 아팠는지 모른다.

한번 맺은 인연을 쉽게 팽개칠 수 없었지만, 놈은 그 인연이 자신에게 커다란 짐이 될 거라 생각했다.

놈은 언제나 자신을 먼저 생각하던 바보다.

"으……"

저녁 무렵까지 정신을 차리지 못했던 한정유가 인상을 쓰면서 간신히 눈을 떴다.

정신을 차리자 끔찍한 고통이 몰려들기 시작했다.

더군다나 온몸이 움직여지지 않았다.

"정유야, 이 새끼야!"

한정유의 신음 소리를 들은 문호량과 김도철이 동시에 소리를 질렀다.

의사가 조치를 하고 떠났지만 워낙 위험한 상태였기에 두 사람은 그동안 한정유의 정신이 돌아오기를 간절히 기다리고 있었다.

정신만 차리면 된다.

한정유 정도의 고수들은 정신만 차리면 스스로 자가 치유 할 수 있는 능력이 있기에 문호량이 그토록 자신했던 것이다.

"몸은 어때?"

"으… 나 안 죽었어?"

"미친놈아, 네가 죽긴 왜 죽어. 이렇게 정신까지 차려놓고!"

"아파 죽겠다."

"그럼 안 아프겠냐. 온몸이 전부 잘렸는데."

"말하는 꼬락서니하고는. 내 상태는?"

"네가 더 잘 알면서 왜 물어. 가슴 아프게시리."

"크윽… 허억!"

"미친놈아, 이 와중에도 내 농담이 그렇게 재밌어. 그 몸으로 웃게!"

움직이지 못한 채 잔뜩 인상을 쓰는 한정유를 향해 문호량이 물수건을 가져다 대주었다.

부르튼 입술이 논두렁처럼 쩍쩍 갈라져 있었는데 물수건을 입에 대줘도 제대로 빨아들이지 못했다.

"봉합만 했다. 나머지는 네가 해야 해. 알지?"

"알아……. 그런데 쉽지 않을 것 같네. 헉, 헉… 상태가 하도 엉망이라."

"천천히 해. 이보다 더 큰 상처도 이겨냈잖아."

"말은 잘한다. 도철아… 부모님한테는 얘기 안 했지?"

"응. 당분간 출장 간다고 했다."

"똑똑한 놈."

"원래 머리는 잘 돌아갔어. 네가 인정 안 해서 그렇지."

정신이 돌아오자 그나마 얼굴에서 웃음을 만들어낼 수 있기에 김도철이 슬쩍 농담을 던졌다.

이게, 웃는 건가 우는 건가.

자신의 미소를 보면서 웃는 것 같은데 한정유의 얼굴은 꼭 우는 것처럼 보였다.

“호량아, 그 새끼들 누군지 알아봤어?”

“아무것도 안 나왔다. 아주 전문적으로 훈련받은 놈들이야. 하지만, 그게 뭐가 중요하겠냐. 이미 알고 있는데. 너도 짐작하고 있었잖아?”

“감찰단 놈들이겠지.”

“그래, 놈들이 기획하고 은월각이란 청부 집단이 움직였을 거야. 그래서 우리가 빚을 갚을 생각이다.”

“훅, 훅……. 빚은 원래 맞은 놈이 갚는 건데… 상태가 이래서……. 그렇다고 기다린다는 건 더 말이 안 되고. 빚은 금방 되갚아줘야 통쾌하니까.”

“걱정 마, 네가 하는 것 이상으로 잘근잘근 씹어 먹어줄게.”

“대신, 우리 가족들 안전부터 확보해. 섣불리 건드려서 우리 가족들 잘못되면 안 된다.”

“걱정 마.”

“철저히 준비해서 한 방에 끝내. 안 그러면 우리 가족들이 힘들어져…….”

문호량의 대답을 들으며 힘겹게 헐떡이던 한정유가 스르륵 눈을 감았다.

할 말을 다 했기 때문인지 아니면 간호원이 방금 들어와 처방한 진통제 때문인지 금방 숨이 고르게 변하며 잠에 빠져들었다.

*　　　*　　　*

그날 저녁.

은월각주 이호성이 압구정동의 일식집에 나타났다.

순서가 바뀌었다.

이전에는 그가 먼저 도착했지만 이번엔 감찰단주가 먼저 와 있었던 것이다.

약속 시간보다 30분이나 먼저 도착했음에도.

"어쩐 일로 이렇게 일찍 오셨습니까?"

"오늘 강남 테헤란로에서 길드회장단 회의가 있었습니다. 회의가 일찍 끝나는 바람에 일찍 오게 되었습니다."

웃으며 대답하는 감찰단주의 말을 들으며 따라 웃었다.

거짓말이다.

그가 이렇게 조바심을 내는 것은 자신이 며칠 전 작전을 시작했다는 걸 알려줬기 때문이다.

무언가 기다리는 사람은 행동이 급해지는 법이다.

"일단 얘기부터 듣고 밥을 먹을까요?"

"오늘은 밥보다 술을 마셔야 될 것 같습니다."

"무슨 말씀이시죠?"

"죄송한 말씀을 드려야 될 것 같아서요."

"잘 안 된… 겁니까?"

"그렇습니다. 저희 은월각의 흑암 전체가 갔는데 모두 행방불명되었습니다. 우리는 그들이 전부 제거된 걸로 추측하고 있습니다."

"음……."

차분하게 설명하는 이호성의 음성을 들으며 감찰단주의 입에서 무거운 신음 소리가 흘러나왔다.

이 말이 사실이라면 술은 자신이 아니라 이호성이 마셔야 한다.

소규모로 운영되는 은월각의 정예 중 상당수가 행방이 묘연하다는 건 자신보다 눈앞에 있는 이호성이 엄청난 타격을 입었다는 뜻이니까.

막상 실패했다는 소리를 듣자 입술 끝이 저절로 움직였다.

상부조차 모르게 움직인 작전에서 실패했다는 건 자칫 치명적인 상처를 입을 수 있기 때문이다.

충격은 이호성보다 덜할지 모르나 그 역시 책임 라인에서 빠지기 어렵다.

"그놈은요?"

"지금 찾고 있지만 그자의 행방이 오리무중입니다. 아무래도 행적을 감춘 것 같습니다. 후속적으로 움직일 칼을 피해서. 더군다나 도와주는 놈들이 있습니다."

"누굽니까?"

"일도회로 추측됩니다."

"일도회라고요. 그놈들이 왜?"

"그건 지금 알아보고 있는 중입니다."

"그놈이 살아 있다면 복잡해지겠군요."

"그래서 만나자고 한 겁니다. 이 일이 밖으로 새어 나가게 되면 저나 감찰단주님이나 무척 곤경에 처해질 테니까요."

"제가 어떻게 했으면 좋겠습니까?"

"먼저, 단주님의 생각을 듣고 싶은데요. 저는 단주님의 청을 받아들였다가 이런 상황에 몰렸습니다."

"저는 제가 한 일에 대해서 도망가지 않습니다. 그건 각주님도 마찬가지일 텐데요. 잠시의 곤란은 있겠지만, 그 정도 곤란 때문에 자존심을 버리지 않습니다."

"그렇다면 말씀드리겠습니다. 우리에겐 두 가지 방법이 있습니다. 회장님께 사실을 말하고 사태를 수습하는 정공법과 우리끼리 끝까지 놈을 추격해서 죽이는 방법뿐이죠."

"당연한 말씀을 어렵게 하시는군요. 우리 쉽게 가는 것이 좋겠습니다. 이 각주님이 원하는 것을 말씀하세요."

"놈이 살아 있다면 결국 감찰단을 타깃으로 삼을 겁니다. 그놈도 자신을 습격한 게 감찰단과 연관되어 있다는 것을 알지 않겠습니까. 저는 후자를 원합니다. 괜히 사실을 노출하는 것보다 마지막까지 추적해서 끝을 보는 게 좋겠습니다. 그래서 말씀인데… 감찰단의 비응을 빌려주십시오."

"비응을!"

"은월각이 가지고 있는 정청은 정보 수집이 가능하지만 추격에는 미숙합니다. 하지만, 비응은 추격과 공격이 가능한 부대이니 놈을 찾는 건 어렵지 않을 겁니다."

비응.

비응은 감찰을 받던 놈들이 도주하거나 은닉했을 때 찾아내어 체포하는 감찰단의 최정예 타격대였다.

비응을 빌려달라는 건 이제 뒤에 숨지 말고 전면에 나서달라는 뜻과 같은 말이었다.

똑, 똑.

감찰단주의 손가락이 탁자를 가만히 두들겨 댔다.

뭔가 고민할 때 감찰단주가 하는 버릇.

하지만, 그 소리는 오래가지 않았다.

"그럽시다. 어차피 작전에 실패한 이상 감찰단도 편할 수 없으니까요. 우린 이제 이와 잇몸이 되었군요. 갈 때까지 가봅시다. 이왕 시작한 거 끝장을 내야지요!"

* * *

거실에 앉은 문호량과 김도철의 앞에는 양주가 한 병 놓여 있었지만 반도 비워지지 않았다.

지금은 술 마실 기분이 아니다.

친구 놈이 칼에 맞아 누워 있는 상황이었으니 그들의 머릿속엔 온통 복수해야 된다는 생각밖에 없었다.

“어떤 놈이 더 세냐?”

“글쎄, 둘 다 강하지. 그 두 놈은 협회의 중추들이거든.”

“그래도 더 센 놈이 있을 거 아냐.”

“은월각주의 정체는 아무것도 나와 있지 않았어. 대신, 감찰단주는 어느 정도 알지. 그자는 천하 길드의 스페셜 마스터로 있다가 협회로 들어온 놈이야. 도법을 쓰는데 현장에서 활동할 때 헬하운드를 단칼에 없앴다는군.”

“헬하운드를 단칼에?”

“응.”

“세구만. 너도 그 정도는 하지?”

“그거야……. 무슨 말을 하고 싶어서 그래?”

“센 놈은 네가 맡아라. 정유 다친 거 보니까 많이 아프겠더라.”

“이런, 잔대가리…….”

문호량이 어이없다는 표정을 짓자 김도철이 재밌다는 듯 빙글빙글 웃었다.

사심이 전혀 없는 얼굴.

다시 말해 농담이라는 뜻이다.

“언제 시작할래?”

“정유 말대로 한 방에 끝내야 돼. 그러기 위해서는 놈들의 동선을 완벽하게 파악해야 된다. 한 방에 끝내지 못하면 일이

꼬여."

"같은 날 동시에 목을 날려야 된다는 뜻이군."

"너는 이제 돌아가. 디데이가 잡히면 콜할 테니까. 놈들이 분명 널 감시할 거야. 그러니 내가 전화할 때까지 정유 보러 오지 마라. 무슨 말인지 알지?"

"그놈이 애인도 아닌데 며칠 못 참겠어? 자, 그럼 나는 간다. 양말을 이틀 신었더니 꼬질꼬질 냄새가 나서 미치겠어."

"나도 회사에 일이 있어서 가봐야 해. 여기는 우리 애들이 철통같이 지킬 거니까 걱정하지 말고 가서 일 봐."

* * *

김도철은 사장실로 향했다.

이틀 동안 꼬박 고민했지만 이젠 말해줘야 할 것 같았다.

한정유가 출근하지 않자 남정근은 좌불안석하면서 전화통을 붙잡고 살았다.

다른 사람은 몰라도 남정근은 알아야 되는 내용이었다.

더군다나 그는 한정유와 특별한 인연으로 맺어진 사람이었고 회사의 사장이었으니 알고 있어야 된다는 판단이 들었다.

물론 위험해질 수도 있으나 충분히 감안한 결정이었다.

알고 당하는 것과 모르고 당하는 것은 하늘과 땅만큼의 차이가 있으니까.

한정유의 부모님과 여동생은 문호량이 조치해서 비밀리에 여행을 떠나보냈기 때문에 마음이 홀가분했다.

여행이었지만 천왕회의 요원들이 철통같은 암중 경호를 펼쳐 안전을 확보한다는 계획이었다.

물론 돌아오면 집도 옮길 준비가 되었다.

사장실 문을 열고 들어서자 남정근이 불편한 기색을 숨기지 못하며 그를 받아들였다.

"혹시 한 팀장 소식 없어?"

"제가 그 친구에 관련해서 말씀드릴 게 있습니다."

"일단 앉지."

단 한마디에 남정근의 표정이 변했다.

그만큼 상황 판단이 빠르단 뜻이다.

하지만, 초조함마저 감추지는 못했다.

"말해 봐. 한 팀장에게 무슨 일이 생긴 거야?"

"그 친구는……."

그동안 있었던 일들을 하나씩 말해주자 남정근의 표정이 시시각각 변했다.

놀람과 분노, 그리고 걱정.

어쩌면 이렇게 표정이 다양할 수 있을까.

그의 표정은 김도철의 한마디, 한마디에 시시각각으로 바뀌었다.

“그래서 한 팀장은 괜찮아?”

“한동안 치료를 해야 될 것 같습니다. 워낙 큰 상처라서 꽤 걸릴 겁니다.”

“감찰단… 이 개새끼들.”

“사장님, 제가 곧 자리를 비워야 합니다. 이해해 주십시오.”

“정말 할 생각인가?”

“해야죠.”

“이 사람아, 감찰단에 은월각까지 관련되었다면 자네 혼자서는 안 돼. 잘못하면 자네도 다칠 수 있어!”

“혼자 하는 게 아닙니다. 그리고 그자들 전부 상대할 생각도 없습니다.”

“머리만?”

“그렇습니다.”

“그렇다 해도…….”

남정근이 더 무슨 말을 하려다가 말끝을 흐렸다.

김도철의 얼굴에서 나타난 굳은 표정을 확인했기 때문이다.

말려도 듣지 않는다.

김도철이 짓고 있는 표정은 자신이 말린다 해서 바뀔 것 같지 않았다.

문호량에게서 전화가 날아온 것은 그로부터 삼 일이 지났을 때였다.

검을 챙겨 들고 자동차를 몰아 신촌으로 향했다.

왜 신촌이냐고 묻지 않았다.

자신은 그저 검을 휘두르면 된다. 친구의 가슴에 비수를 박은 놈들에게.

*　　　*　　　*

상암의 안가에 검은 갑옷을 입은 자들이 나타나기 시작한 것은 저녁 7시 무렵이었다.

안가를 둘러싼 인원은 전부 합해서 10명.

그리고 그들 중 양쪽 어깨에 금빛 문양을 가진 자가 정문이 바라보이는 곳에서 팔짱을 긴 채 어둠 속에 잠겨 있는 안가를 노려봤다.

그의 정체는 감찰단 추격전문부대 비응의 수장 채수만이었다.

은월각에서 보내온 정보를 토대로 인근 50㎞를 샅샅이 뒤진 끝에 이곳을 찾아냈다.

현대는 최첨단 정보화 시대였기에 호텔로 들어왔던 플라잉카의 궤적이 그대로 노출되었다.

국가 교통 정보 시스템은 플라잉카의 궤적 추적이 가능했는데, 개인 정보를 위해 공개되지 않는 것이 원칙이었으나 길드협회의 힘이면 언제든지 정보 습득이 가능했다.

새벽에 들어왔던 플라잉카의 시간대는 일이 벌어졌을 때와 거의 일치했기에 금방 그들의 시선에 들어왔다.

은월각에서 비응에 추격 요청을 해온 것은 플라잉카의 궤적이 상암 쪽으로 왔다가 곧바로 강남을 향해 떠났기 때문이다.

황량한 벌판에 내렸다가 떠났다는 건 다른 이동 수단을 이용해서 목표물이 사라졌다는 걸 의미하는 것이었다.

플라잉카의 소유주는 압구정동에 사는 50대 여자였는데, 그녀는 자신의 이름으로 차가 있다는 것조차 몰랐다.

정체를 노출시키지 않기 위해 만들어진 대포차라는 뜻이었다.

오 일간의 집요한 수색.

어렵고 힘든 일이었으나 비응은 추격에 특화된 부대였기에 결국 이곳을 찾아낼 수 있었다.

"집에 있는 놈이 몇이야?"

"확인된 건 5명입니다. 한둘 정도 더 있을 것 같습니다."

"일도회 놈들인가?"

"아마 그럴 겁니다. 은월각 쪽에서도 일도회가 움직인 것으로 추측하고 있으니까요."

"그렇다면 곧바로 치자. 수고비는 나중에 은월각 쪽에서 받아내는 것으로 하고."

"괜찮을까요?"

"일도회 정도 치는 데 뭐가 걱정이냐. 그냥 전화만 한 통 넣어주면 돼. 생색은 내야 하니까. 우리의 목적은 한정유의 목을 치는 것이다. 그걸 잊지 마. 단원들 준비시켜. 나는 정면으로 들어갈 테니 넌 측면으로 들어와."

명령을 받은 정웅천이 고개를 숙인 후 몸을 돌렸다.

전혀 예상치 못했던 목소리가 들려온 것은 그가 공격을 개시하기 위해 발걸음을 뗄 때였다.

"기다린 보람이 있네. 잘 왔어. 네가 비응의 채수만이지?"

천왕회 황천대장 황요성이 앞으로 나서자 채수만의 얼굴이 굳어졌다.

단단한 거암이 걸어오는 느낌.

몸이 위축될 정도로 다가온 남자의 기세는 정말 대단했다.

그럼에도 채수만은 입꼬리를 올려붙였다가 천천히 입을 열었다.

"넌 누구냐?"

"집주인. 여기 누가 사는지도 모르고 왔어?"

"일도회가 아니구나. 일도회엔 너 정도의 기세를 가진 자가 없으니까. 정체를 밝혀!"

"내 정체를 알면 넌 죽는다. 그래도 괜찮다면 가르쳐 주고. 잠깐만 기다려 봐. 널 어떻게 할지 물어보고 나서 우리 즐겁게 놀아보자."

황요성이 차가운 미소를 지으며 핸드폰을 꺼내 들었다.

"확인했습니다. 감찰단의 비응이 맞습니다. 네, 알겠습니다."

간단한 통화.

황요성은 공손한 태도로 전화를 끊자마자 아쉽다는 표정을 지었다.

통화 내용이 자신의 생각과 달랐던 모양이다.

"죽이지는 말란다. 그러고 보면 우리 회장님이 참 마음이 너그러우셔. 대신, 여기까지 온 건 용서를 못 해. 팔 한 짝 정도는 놓고 가야 되겠다."

"음……."

황요성의 도발에 채수만의 표정이 더욱 일그러졌다.

어둠 속에서 나타난 자들.

20명에 달하는 놈들의 기세가 전부 잘 갈린 칼처럼 시퍼렇게 새어 나오고 있었기 때문이다.

*　　　*　　　*

"네가 오기 전에 안가에서 전화가 왔다. 결국 놈들이 한 게 확인되었어. 온 자들은 비응이야."

"타이밍이 끝내주네. 그럼 이젠 빚을 갚는 것만 남았군."

확신에 가까웠던 예상을 확인한 것뿐이다.

그랬기에 김도철은 자신의 검을 툭툭 치면서 사방을 둘러보았다.

화려한 네온사인이 흘러나오는 사거리.

일을 벌이기에는 마땅치 않은 곳이었다.

"그런데, 그 새끼가 여기서 뭘 하는데?"

"저기서 할 게 뭐가 있겠어. 뻔하지."

문호량이 가리킨 곳은 화려한 신촌 사거리에 신축된 20층짜리 호텔로, 마치 성처럼 웅장하게 서 있었다.

"이 마당에 호텔에 와. 계집질을 하러?"

"저 대학교 다니는 여대생이란다. 개새끼가 능력도 좋아. 명문대생을 눕힐 정도면 능력 좋은 거 아니겠어?"

"확실히 나보다는 낫네. 7시밖에 안 됐는데 호텔이라. 그것도 여대생을."

"호텔에서 당했으니 호텔에서 갚아주는 것도 운치 있을 거야."

"우리가 하려는 게 운치와 무슨 상관 있어. 호텔에서는 운우지락을 나눠야 운치가 있는 거지."

"그런가?"

"개 같은 놈이다. 사람의 몸에 칼을 심어 놓고 계집질할 생각을 하다니……."

"자신감이겠지?"

"흐으."

"그만큼 강하다는 뜻도 되겠다."

주변을 둘러보며 먼 곳부터 차례대로 훑었다.

아무도 없다.

그러자 눈치가 빠른 문호량이 빙그레 웃었다.

잠깐 의아한 표정을 지은 것뿐인데 문호량의 입이 거짓말처럼 열렸다.

"애들은 호텔 안에. 비천을 데려왔어. 유천은 압구정동 쪽으로 보냈고."

"걔들 꽤 하냐?"

"천왕의 힘은 강하다. 비천과 유천의 수장들은 스페셜 마스터 급이야."

"힘을 숨겨놨다고 들었는데 대단하네. 도대체 얼마나 숨겨놓은 거야?"

"길드 2개 정도."

"좋구만. 정유가 왜 큰소리치는지 알겠다. 그런데 감찰단주가 압구정동에 있어?"

"응, 저놈 먼저 잡고 간다. 그 새끼는 지금 대기업의 고위층들과 압구정동에서 밥을 처먹고 있는 중이야. 우리가 알아본 바로는 다음 코스가 '유정'이다. 놈은 접대받을 때 꼭 거길 가서 몸을 풀어."

"유정이 뭔데?"

"요정."

"이것들 쓰레기구만."

"그런 걸 특권이라고 생각하는 놈들이야. 힘이 있는 놈들이 원하는 건 단 둘. 권력과 여자뿐이지."

"흐으… 미친 새끼들!"

검은색 세단이 호텔 앞에 도착한 것은 정확히 한 시간 후였다.

문호량의 말대로 은월각주 이호성은 정각 8시에 나타났는데 차에서 곧장 내려 호텔로 들어갔다.

"괜찮을까?"

"뭐가?"

"너무 이른 시간이라서. 사람들 보는 눈도 많고."

"감찰단주 일정은 파악되어 준비를 했는데, 저놈은 갑자기 움직이는 바람에 어쩔 수 없었다. 오늘 같은 일타쌍피는 앞으로 쉽지 않아서 그냥 해야 돼. 더군다나 애들이 그 층을 완벽하게 차단할 거니까 괜찮아."

"그럼 가지 뭐."

순순히 고개를 끄덕인 김도철이 먼저 걸음을 옮겨 나갔다.

더 기다릴 생각은 전혀 없었다.

벌거벗은 계집 위에서 헐떡거리는 놈을 처단하는 건 적성에 맞지 않은 일이었으니 어차피 할 거라면 옷 벗기 전에 끝내고 싶었다.

사회적 지위가 높은 자들은 문호량의 말처럼 특권 의식을 가진다.

기껏 머물러 봐야 2시간에 불과할 텐데 은월각주는 호텔 최상층 제일 끝 쪽에 있는 최고급 룸을 잡았으니, 특권 의식으로 똘똘 뭉친 놈이다.

엘리베이터를 타고 23층으로 올라갔다.

그런 후 문호량이 가리킨 방향 쪽으로 걸어가다가 천천히 걸음을 멈추었다.

뒤쪽에서 세 개의 객실 문이 열리며 10명의 사내들이 무기를 든 채 나타난 건 그들이 복도의 중간까지 걸어갔을 때였다.

시퍼런 기세를 가진 무인들.

은월각의 타격대, 청류의 정예들이었다.

그들의 기세는 살기가 뚝뚝 묻어났는데 들고 있는 무기들도 다양했다.

"함정을 파놓고 기다린 모양이네. 그 얼굴 뭐야. 알고 있었어?"

"그럴 리가. 혹시란 생각은 가졌지. 일을 저질러 놓고 이렇게 무방비 상태로 나돌아 다니는 게 석연치는 않았거든. 아무리 계집에 미쳤다 해도. 안 그래?"

"그런데 왜 우리만 올라왔어. 이상한 낌새를 느꼈으면 조치를 했어야 될 거 아냐."

"우리 둘이면 충분해. 영화를 보면 종종 나오잖아. 친구가 당했을 때 주인공들만 멋있게 등장해서 해치우는 거. 나도 그렇게 해보고 싶었다."

"잘못하면 여기서 골로 가겠네. 이제 보니 너도 정유와 비슷하구나. 하는 짓이 아주 똑같아. 정유한테 말해주면 좋아죽으려고 하겠어."

"저기 주인공 나오시고."

김도철의 말을 들으며 문호량의 시선이 복도 끝을 향했다.

거기엔 그의 말대로 은월각주 이호성이 문을 열고 천천히 걸어 나오는 중이었다.

태연한 표정.

이호성은 둘만 온 게 이상하다는 듯 잠깐 의아해했으나 슬쩍 고개를 끄덕인 후 천천히 다가왔다.

"너희 둘인가?"

"봤으면서 뭘 물어."

"일을 벌이기 전에 궁금한 게 있는데 말해줄 테냐?"

"궁금한 게 있으면 알고 가야 속이 편하지. 물어봐. 말해줄게."

"김도철은 예상했지만 넌 처음 보는 얼굴이야. 네가 한정유를 데려갔을 테고, 이유는?"

"내 친구니까."

"일도회와는 어떤 관계냐?"

"궁금한 게 많네. 그건 지옥에 가서 물어봐. 거기 가면 설명해 줄 놈이 있을 거야."

"자신감이 좋구나. 성단주, 혹시 다른 놈들이 있나 확인해 봐."

"눈치도 빨라. 하지만, 늦었어!"

문호량이 천천히 자신의 검 유혼을 빼 들었다.

그런 후 이호성의 가슴을 향해 검을 겨누자 엘리베이터가 열리며 검은 양복을 입은 비천대장 유광철의 뒤로 20여 명의 대원들이 복도에 나타났다.

청류도 대단했지만 비천의 정예들이 나타나자 그 살기가 순식간에 줄어들었다.

그만큼 비천대원들의 기세가 훨씬 더 강력했기 때문이다.

"이호성, 일을 벌인 놈이 혼자 총대를 메면 나머지 애들은 살 수 있다. 어쩔래, 혼자 할래? 아니면 저기 있는 애들 다 죽일래?"

"음… 일도회가 아니구나. 혹시 천왕회?"

"들어는 본 모양이군."

무거운 신음을 짓던 이호성의 결정은 빨랐다.

천왕회란 말이 나온 순간부터 청류의 살수들은 얼굴이 시꺼멓게 죽어 있었다.

"너희들은 돌아가라. 여기 일은 나 혼자 해결하겠다."

"각주님, 저희들은 같이 싸우겠습니다."

"그럴 필요 없어. 너희들이 있어도 도움이 안 될 거다. 괜한 목숨 버리지 말고 돌아가."

청류대의 대장이 한 발 앞으로 나오는 순간 손을 들어 다가온 것을 막은 이호성의 입에서 쇳소리가 흘러나왔다.

명확하다.

싸움이란 건 꼭 해봐야 결과를 알 수 있는 게 아니다.

어쩔 수 없는 얼굴로 청류대가 움직이자 비천대원들이 그들을 따라 계단을 내려갔다.

이제 복도에 남은 사람은 셋.

시퍼런 살기를 내뿜던 사내들이 전부 사라졌음에도 복도에 깔린 기운은 오히려 훨씬 더 무거워졌다.

"먼저 검을 뽑았다고 순서가 결정된 건 아니야. 저자는 원래 내가 하기로 했어. 넌 감찰단장을 맡기로 했고."

"언제?"

"저번에 안가에서 한 말 기억 안 나?"

"난 안 난다. 지나가는 말로 농담처럼 한 것 가지고 우기지 말자."

"양보해 줘. 그동안 내가 정유한테 해준 게 없어서 그래."

"하아… 감성적으로 나오네. 어떻게 알았냐. 내가 그런 거에

약한 거?"

"척 보면 알지."

"자신은 있는 거냐. 괜히 다치면 정유 그놈이 날 잡아먹으려고 할 텐데?"

"걱정 마. 그럼 양보하는 걸로……."

김도철이 천천히 앞으로 나오며 검을 뽑았다.

그런 후 이호성을 향해 다가갔다.

"네 눈깔, 마음에 안 들어. 뒤에서 암습이나 하는 주제에 뭐가 그리 당당해. 내가 골든헌터 자리에 있으니까 우습게 보이나 본데 이쪽으로 나와. 오늘 진짜가 뭔지 보여줄게!"

날았다.

그리고 곧장 자신의 독문무공 무정십삼검을 펼치기 시작했다.

빠르고 패도적인 검이 날아갈 때마다 복도를 장식했던 대리석 벽들이 쩍쩍 갈라져 나갔다.

하지만, 이호성의 몸은 허깨비처럼 움직이며 검을 피해 나갔다.

무림인에게 보법이 있다면 마법을 주무기로 쓰는 이호성에게는 공간이동능력이 있었다.

늘어나고 줄어든다.

그런 현상은 스피드로 인해 발생한 것이 아니라 공간압축과

팽창을 통한 이동이었다.

더불어 그의 손에서 썬더캐논(Thunder Cannon)이 폭발하기 시작했다.

김도철의 검에 맞서 터지는 전기 광선은 썬더 계열 중에서 최상위에 속하는 마법이었다.

마치 레이저가 비산하듯 이호성의 손에서 빠져나온 썬더캐논은 창처럼 원거리에서 김도철의 전신을 노렸다.

두 사람의 공격에 호텔의 복도가 박살 났다.

무시무시한 대결.

문호량이 견디지 못하고 20m나 물러날 정도로 그들이 형성한 전권은 엄청난 범위 속에서 진행되었다.

김도철은 자신을 노리고 날아오는 썬더캐논을 피하며 전신내공을 전부 끌어 올렸다.

역시 스페셜 마스터.

현대로 환생된 각성자들은 무림 쪽이 주류였지만, 마법 계열도 삼 할은 되는데 이호성은 마법 계열 중에서 스페셜 마스터에 오른 25명 중 일인이었다.

용호상박.

뒤에서 싸움을 관전하던 문호량의 눈살이 지그시 내려앉았다.

간절한 눈빛 때문에 싸움을 양보했지만 걱정되는 마음을 숨길 수 없었다.

김도철이 차기 스페셜 마스터에 손꼽힌다는 소릴 들었지만 은월각주는 공인된 스페셜 마스터였기 때문이다.

하지만, 막상 싸움이 시작되자 그는 언제든지 움직일 수 있도록 끌어 올렸던 기세를 천천히 가라앉혔다.

김도철의 검을 보는 순간 입이 떠억 벌어졌다.

그로부터 자신의 별호가 무정마검이라는 소릴 들었지만 이 정도일 줄은 정말 생각지도 못한 일이었다.

이건 아무리 봐도 골든헌터 수준이 아니다.

줄기줄기 뿜어져 나오는 검기의 물결.

더불어 허깨비처럼 날아다니는 이호성을 압박하며 쉴 새 없이 움직이는 검초들은 예상 범위를 훨씬 뛰어넘을 만큼 무시무시한 것들이었다.

김도철은 자신이 지닌 내공을 전부 끌어 올렸다.

1년 전 임독양맥이 모두 뚫린 그의 내공이 검에 담기자 무려 3척에 달하는 검기가 뿜어져 나왔다.

당장 붙어도 웬만한 스페셜 마스터는 이길 자신이 있지만 지금까지 실력을 내보인 적은 없었다.

지금 이 수준으로 봤을 때 그는 무림의 일각을 종횡하던 절대강자였다.

그가 한정유에게 자신의 무공이 모두 완성되지 않았다고 한 것은 자신이 익힌 검법의 마지막 초식 무정팔극을 극성으로 끌어 올리지 못했기에 한 말이었다.

창처럼 날아오는 이호성의 썬더캐논을 피하지 않고 김도철은 정면 돌파를 강행했다.

피할 이유도 피할 생각도 없었다.

이호성의 공간이동능력이 확인된 이상 정면 대결이 가장 효율적이란 판단을 내렸다.

초식이 거듭되면서 내공을 올리자 이호성의 썬더쉴드가 점점 노란색으로 변해갔다.

왼팔에서 생성된 썬더쉴드의 범위는 1m에 가까웠다. 자유자재로 나타났다 사라지며 빛살처럼 날아오는 검기의 물결을 차단했다.

더불어 터지는 썬더캐논의 색깔도 흰색이나 마찬가지.

색깔이 변할수록 그 위력이 강해졌기에 김도철은 수시로 후퇴와 전진을 반복할 수밖에 없었다.

공방이 시작된 후 두 사람의 신형은 제대로 보이지 않을 정도로 빠르게 움직였다. 눈으로 따라잡지 못할 속도였다.

썬더캐논과 검기가 부딪칠 때마다 번쩍거리며 파랑이 생성되었다.

공기가 압축되었다가 한꺼번에 터지는 현상.

그만큼 두 사람이 펼치는 공격력이 무시무시하다는 뜻이었다.

격전이 지속될수록 호텔 복도는 폐허로 변해갔다.

두 사람의 공격전권은 복도의 면적으로 상쇄할 수 없을 만큼 거대했기에 바닥과 벽에서 날아오른 파편들이 그대로 공중을 떠돌았다.

격전이 벌어진 지 십여 분이 지나자 자신감으로 가득 찼던 이호성의 얼굴이 점점 일그러지기 시작했다.

얼굴에서 굵은 땀방울이 떨어지는 게 눈으로 보일 정도였다.

전력으로 공간이동을 펼치는 그의 표정에서도 점점 힘들어하는 기색이 나타나더니, 검기와 부딪칠 때마다 점점 이동속도가 느려졌다.

끊임없이 공격해 온 김도철의 내공에 마력이 소모되면서 발생되는 현상이었다.

그럼에도 그가 쏟아내는 썬더캐논의 위력은 줄어들지 않았고, 정면 대결 또한 피하지 않았다.

이대로 지속하면 언제 끝날지 모른다.

슬그머니 이를 악물었다.

뒤에서 문호랑이 꼼지락거리는 게 느껴졌고, 먼 곳에서 경찰차의 싸이렌 소리가 점점 다가오는 게 들렸다.

워낙 커다란 충격음이 계속되었기에 호텔 쪽에서 누군가 신고를 한 것이 분명했다.

그때, 김도철의 검이 날아온 번개를 쳐내고 하늘로 치솟았다.

이제 더 이상 시간을 끌 수는 없다.

적의 공격 수단과 방어를 전부 확인했으니 이제 승부를 볼 시간이었다.

빠르게 무극보를 펼쳐 탄환처럼 앞으로 전진한 김도철의 손에서 검이 사라졌다.

놀란 이호성이 팔뚝만 한 십여 개의 썬더캐논을 펼치며 공간이동을 펼쳤으나 사라졌던 검은 이미 그의 눈앞까지 다가와 있었다.

쐐액…….

파바방! 팡팡!

쌍수를 들어 팔뚝에 캐논쉴드를 두른 채 마주쳤다.

이미 공간이동을 하기엔 늦었으니 캐논디펜스로 위기를 넘길 생각이었다.

하지만, 그의 의도는 눈앞에서 검이 갈라지는 순간 산산조각이 나버렸다.

누가 알았겠는가.

코앞에서 검이 일곱 개로 변하는 신기가 있다는 걸.

상상조차 하지 못한 일이었다.

전력을 다해 5개를 튕겨냈으나 끝내 2개를 막지 못했다.

목과 가슴.

막지 못했던 2개의 검에 당한 목과 가슴에서 피가 분수처럼 솟구쳐 나오기 시작했다.

손을 들어 목에서 솟구치는 피를 막았지만 그 틈을 뚫고 줄줄 피가 새어 나오는 건 어쩔 수 없었다.

피가 묻은 이호성의 입이 열린 것은 김도철이 검을 회수한 후 두 발자국 물러섰을 때였다.

가래 끓는 소리.

목이 관통된 그의 목소리는 심하게 갈라져 나와 제대로 알아듣기 힘들었다.

"마지막 그걸 뭐라고 부르나?"

"무정팔극."

"흐흐… 이름도 괜찮군. 정말 훌륭했어……. 한순간 실수로 죽음이 찾아오는구나. 이리 허무하게 눈을 감게 될 줄이야. 인생은 일장춘몽이라더니……."

마지막 웃음을 흘리던 이호성이 천천히 무너졌다.

그러고는 길게 바닥에 쓰러진 후 더 이상 움직이지 않았다.

* * *

호텔을 빠져나온 문호랑과 김도철은 곧장 압구정동으로 날아갔다.

비천대에 사후 처리를 하라고 지시했으니 경찰들은 이호성의 시체를 확인하기 어려울 것이다.

염산을 화공 처리해서 제조된 멜트제는 시체를 흔적도 없이 단시간 내에 처리할 수 있었다.

"대단했어. 강할 거라고 짐작은 했지만, 난 그 정도일 줄은 몰랐다. 무림의 패자로는 충분했겠는데?"

"내 별호가 무정마검이라고 했잖아."

"그래, 그 별호 멋있다. 네 실력도 훌륭했고."

"이번엔 네가 해. 놈의 썬더캐논에 몇 번 스쳤더니 온몸이 욱씬거려. 여긴 완전히 살이 죽었다. 정통으로 맞지 않았는데도 이렇게 됐어."

김도철이 양쪽 팔뚝을 걷자 살갗이 거무죽죽하게 죽어 있는 게 나타났다.

공방을 펼치는 동안 썬더캐논의 영향권에 들면서 내공으로 보호했음에도 피부가 견디지 못했다.

아마, 그의 몸 전체가 그렇게 변했을 것이다.

플라잉카는 언제 봐도 좋다.

교통 체증으로 북적이는 도로를 벗어나 공중으로 날아가기 때문에 압구정동까지 걸린 시간은 채 5분도 걸리지 않았다.

압구정동에도 이런 곳이 있었나?

플라잉카 전용 주차장에 파킹하고 내려서 한참 걸어가자 화려한 네온사인이 사라지며 한적한 길이 나오더니 근사하게 지어진

한옥집이 나왔다.

꼭 천국으로 들어가는 길처럼 양쪽으로 가로등이 서 있었는데 주변이 온통 꽃으로 장식된 곳이었다.

"여기가 요정이냐?"

"응. 대한민국에서 난다 긴다 하는 놈들만 오는 곳이지. 하루 술값이 인당 2백만 원이란다."

"여자값을 포함해서?"

"몰라, 묻지 마."

"그 얼굴은 뭐야? 이제 보니 자주 다녔구만. 그렇지?"

"자주는 아니고, 사업차 가끔."

"이거 갑자기 억울하단 생각이 드네. 정유하고 나는 매일 소주나 마셨는데 넌 여기서 여자 엉덩이 두드렸어?"

"사업차 온 거라니까."

"그래, 사업차."

문호량의 변명에 김도철이 양쪽 어깨를 끌어 올렸다.

말은 수긍을 했지만 절대 마음마저 수긍하는 태도가 아니었다.

그때, 어둠 속에서 신형이 나타나더니 문호량의 앞으로 다가왔다.

다가온 사람은 이곳을 맡은 유천대의 대장 신재상이었다.

공손한 태도.

그럼에도 은은하게 새어 나오는 기도에 몸이 저절로 반응할 만큼 대단했다.

"오셨습니까?"

"놈은?"

"아직 그쪽에 있습니다. 앞으로 1시간 정도 더 걸린 텐데 너무 일찍 오셨습니다."

"상황이 그렇게 됐다. 그런데 몇 놈이나 따라왔어?"

"똑같습니다. 호위 셋을 데려왔는데 아직 비응이 당한 걸 모르는 것 같습니다."

"그럴 거야. 놈은 우리가 개입한 걸 모를 테니 마음 편하게 밥처먹고 있겠네. 정유를 죽일 생각만 했을 테니 저러고 있는 거겠지. 벼룩을 눌러 죽이는 마음으로. 그런 거 보면 은월각의 이호성이 훨씬 심계가 깊어. 그렇지?"

"감찰단주는 자신의 실력을 과신하는 것으로 유명하죠. 자존심이 센 놈입니다."

"그런 놈이 일찍 죽는 법이야. 신대장, 여긴 내 친구. 김도철이다. 인사나 해."

문호량이 뒤늦게 김도철을 가리키자 신재상이 그제야 고개를 돌렸다.

적의가 없음에도 눈빛이 살아서 꿈틀거렸다.

"안녕하십니까. 처음 뵙겠습니다. 유천대를 맡고 있는 신재상입니다."

"반갑습니다. 김도철입니다."

"질풍검의 명성은 익히 듣고 있었습니다. 이렇게 뵙게 되어 영광입니다."

"별말씀을."

"그럼 두 분 들어가서 이야기 나누고 계십시오. 전부 비워놨으니 조용하게 말씀 나눌 수 있을 겁니다. 그럼 저는 마지막 점검을 하고 돌아오겠습니다."

정중하게 고개를 숙인 신재상이 몸을 돌린 후 어둠 속으로 사라졌다.

문호량의 앞에서도 전혀 위축되지 않은 태도에 당당함을 지녔는데 나이는 겨우 30대 중반으로 보였다.

"고수구만. 저런 사람을 어떻게 구한 거야?"

"오랜 세월을 이곳에서 살았어. 그러다 보니 자연스럽게 만나게 되더군. 고수들은 스스로 자랑하지 않아도 눈에 띄는 법이거든."

"저런 사람들이 몇 명이나 되냐?"

"현장에 5명, 내가 부르면 언제든지 올 사람이 10명."

"대단하네. 존경한다."

"뭘, 그 정도 가지고. 이제 들어갈까?"

"어딜?"

"안에. 여기서 기다릴 수는 없잖아. 오늘 이곳에서 피바람이 불 텐데 매상은 올려줘야지."

"하아, 배려심 좋으시고."

*　　　　*　　　　*

감찰단장 박장열은 평소와 다름없이 왕성하게 활동했다.

은월각의 요청에 의해 비응을 파견한 이상, 놈을 찾는 것은 시간문제에 불과할 뿐이었다.

비록 일도회가 관여된 것으로 추측되었지만 그 선에 불과하다면 한정유를 찾아내어 죽이는 것은 일도 아니었다.

단박에 죽이지 못한 것이 마음에 들지 않았으나 후속 조치를 해놨으니 곧 끝날 것이라 예상했다.

놈을 추적하는 비응이 거의 따라잡았다는 보고를 해왔기 때문이다.

오늘은 매달 한 번 있는 대기업 임원단과의 모임이 있어 즐겁게 술을 마셨다.

즐거움이 가득한 날.

대기업 임원들은 길드협회의 감찰단장인 자신을 모시기 위해 혈안이 되었는데, 아예 모임을 만들어 한 달에 한 번씩 그를 즐겁게 해주었다.

그가 지닌 힘은 대기업 임원들에겐 구세주나 다름없을 정도로 막강했으니까.

최고급 일식집에서 식사가 끝났을 때 사성전자 사장의 제안으로 자연스럽게 유정으로 향했다.

이제 그들은 습관처럼 2차를 유정에서 했는데 박장열의 애인이 거기에 있기 때문이다.

예전에 잠깐 영화에 출연했을 정도로 매력적인 여자였다.

어느 정도 술에 취했음에도 임원들은 요정에 자리를 차지하고 앉자 서로 박장열의 비위를 맞추느라 정신이 없었다.

이미 술상은 준비되어 있었기 때문에 사성전자본부장이 설레발을 치면서 술을 따랐고, 대동건설 전무가 마담을 향해 소리를 지르며 너스레를 떨었다.

"마담, 뭐 해? 예린이는 왜 아직 안 들어와?"

"다른 애들하고 같이 들여보낼게요."

"어허, 이 사람아. 단장님 오셨는데 먼저 들여보내."

"호호. 알았어요. 금방 준비할게요."

상석에 앉은 박장열은 그 모습을 모른 체하며 사성전자본부장의 술을 받아 단숨에 들이켰다.

예린이란 이름이 나오자 자연스럽게 흥분이 되면서 기다려졌다.

그녀의 섬세한 손길은 언제나 그를 즐겁게 만들기 때문이다.

이제 곧 그녀가 들어와 자신의 품에 안길 거란 생각이 들자 저절로 아랫도리에 힘이 들어갔다.

하지만, 그의 상상은 문이 열리며 마담이 들어와 자신을 부르는 순간 끝이 나버렸다.

"단장님, 밖에서 손님이 단장님을 찾으세요."

"누군데?"

"나와 보면 아실 거라고 해요. 급한 일이라고 말씀하셨어요."

"알았어."

슬쩍 기분이 상했다.

여러 번 이런 경험을 한 적이 있다.

감찰단장은 워낙 중요한 자리였기에 방귀깨나 뀐다는 놈들이 인사를 하기 위해 수시로 찾아오곤 했다.

특히 이곳 유정은 유독 그런 놈들이 많았다.

그렇다고 무시할 일도 아니었다.

자신을 찾는 놈들의 면면이 무시를 하고 넘어갈 만큼 만만하지 않았는데, 가끔가다 오히려 자신이 먼저 찾아야 할 놈들도 있었다.

자리를 털고 일어나 밖으로 나오자 마담이 정원 쪽을 가리켰다.

그곳에는 한 남자가 등을 돌린 채 서 있는데 손에 검이 들려 있었다.

손에 검이 들려 있다는 것은 각성자란 뜻.

등을 돌리고 있음에도 온몸에서 산악 같은 기도가 흘러나오는 걸 보면 길드의 스페셜 마스터급이 분명했다.

고개를 갸웃거리며 잠시 망설이다가 걸음을 옮겼다.

그때 그의 등 뒤로 그림자들이 나타나더니 자신이 나온 방을 차단하는 게 보였다.

걸음을 멈추지 않았다.

기습이란 생각이 들었으나 순식간에 판단이 서며 되돌아갈 필요성을 느끼지 못했다.

방을 차단했다는 것은 임원진을 제압하려는 것에 불과한 짓이었으니 돌아갈 이유가 전혀 없었다.

더군다나 개방된 곳으로 자신을 나오게 만든 이상 기습은 실패한 것이나 다름없었다.

자신은 이런 개방된 정원에서 누군가에게 당할 사람이 아니었다.

"날 만나러 왔다고?"

"맞아."

"왜?"

"핏값을 받으러."

"처음 보는 얼굴이군. 그래, 누구 핏값을 받으러 온 건가?"

"한정유!"

"한정유라, 그놈이 참 귀찮게 만드는구만. 목숨값이 아니라 핏값이냐. 그렇다면 죽지 않았다는 뜻이구나."

"많이 다쳤어. 그래서 내가 대신 온 거야."

"크크… 세상엔 참 재밌는 자들이 많아. 내가 누군지 알면서 왔다면 그만한 능력이 있을 테지. 네 정체는?"

"천왕회주!"

『마제의 신화』 3권에 계속…